Le Poilu Perdu

Lydie Lauret

Copyright © Tous droits réservés — 2015 Lydie Lauret

Édition de Lydie Lauret – 04340 Saint Vincent les Forts

Achevé d'imprimer en juin 2015

Prix : 10,99€

Dépôt légal : juin 2015

Illustrations à l'encre de Chine : Lydie Lauret

Création de la mise en page et distribution du livre : www.ebook-creation.fr

ISBN : 979-10-95027-02-7

à mon père trop tôt disparu,
à ma mère malade,
à ma sœur,
à mon frère.

Sommaire

1ère partie

« Le musicien »

Chapitre 1

St Molf –14 juillet 1920 – Le Musicien

Il pleut en abondance. La nuit est en train de tomber.

Trempé jusqu'aux os, allongé dans une boue gluante, un soldat avance en se trainant difficilement de buisson en buisson. Il tremble de peur, de froid et la présence de ses compagnons de fortune dispersés un peu partout autour de lui, n'arrive pas à le rassurer.

Ils ont eu l'ordre de s'approcher de cette colline où se cache l'ennemi.

« Tirez sur tout ce qui bouge, mais ne vous faites pas tuer » avait dit le capitaine.

Ces paroles hantent leur esprit à chaque instant, mais ne pas se faire tuer dans de telles conditions, paraît souvent mission impossible. L'ennemi est caché derrière les rochers, eux sont à découvert ou presque.

Soudain, une explosion se fait entendre, des pierres fusent de tous les côtés, le soldat a juste le temps de se protéger le visage sous son casque, pour les éviter. Il attend, ne bouge plus, tétanisé tandis qu'un hurlement inhumain s'élève à quelques mètres de lui. Il ne veut pas regarder, il sait, il a compris : son camarade a été touché et ne se relèvera plus, la mort fait partie de leur quotidien.

Il voudrait tant que le cri cesse vite.

Toujours ce même cauchemar. Depuis qu'il était rentré de la guerre, cette vision du soldat au combat ne le quittait plus. Ce guerrier, c'était lui, un poilu de la guerre 14-18 et il savait qu'il ne pourrait jamais oublier tout ce qu'il avait vécu avec ses camarades sur le front.

Ses amis, compagnons d'infortune, qu'étaient-ils devenus ? Beaucoup devaient être morts et ils ne savaient pas combien étaient revenus dans leur famille. Ils étaient souvent séparés, une amitié par ci, une amitié par là, tout restait éphémère et c'était bien ainsi, il ne fallait pas s'attacher, on n'avait pas le droit d'avoir des sentiments.

Certains l'avaient surnommé « le musicien » : pendant cette douloureuse période, avec sa guitare, il leur avait offert des moments de répit, nécessaires pour tenir le coup. Il leur chantait des chansons d'amour, des chansons à boire, tout son répertoire y était passé.

Il avait été persuadé que l'affrontement ne durerait pas longtemps. Mais il avait persisté plus de quatre années, pendant lesquelles il s'était donné sans compter, blessé une fois, mais pas assez grièvement pour être rapatrié. Il était revenu décoré de la Croix de Guerre. Mais à quoi lui servait-elle, cette décoration aujourd'hui, il était seul et sa fuite sans fin sur les routes à la recherche d'un havre de paix qu'il n'arrivait pas à trouver, n'apaisait pas ses angoisses.

C'est en Bretagne que le nombre de morts fut le plus important, mais lui, avait survécu à tout cela. Chaque fois qu'il en prenait conscience, il pensait au jeune poilu Corentin CARRE, qui s'était engagé volontaire à quinze ans, ayant pu se faire enrôler en usurpant l'identité d'un autre, mais qui n'était jamais revenu au pays.

Oui, il était là sain et sauf, cependant, il avait changé, il n'était plus le même. L'insouciance de la jeunesse lui avait été volée, mais il était tellement fier de partir défendre son pays qu'il ne l'avait compris qu'à son retour.

Il était fils unique et la mort de son père lors de la bataille de la Marne, avait fait mourir sa mère de chagrin. Il s'était retrouvé tout seul dans cette grande maison familiale et avait un jour décidé de fermer la porte et de prendre la route avec sa guitare pour seule compagne.

Il avait pensé un moment à faire « le tour de Bretagne », un des plus grands et plus connus pardons bretons.

Mais il n'en avait pas eu le courage et avait préféré sillonner les chemins au gré des rencontres. Il avait besoin de se sentir libre d'aller comme bon lui semble. Il voulait trouver un lieu où il pourrait enfin revivre, se reconstruire entièrement.

Il ne l'avait pas trouvé. Cela faisait déjà six mois qu'il marchait de village en village, fuyant ses souvenirs, s'enivrant souvent, et là, il était sur le chemin du retour.

Sur le bord de la route, il s'était assoupi dans un fossé, mais transpirant et le thorax compressé, il se réveilla en sursaut. Dans sa quête quotidienne pour trouver la sérénité dont il avait besoin, son cauchemar revenait sans cesse.

Reprenant ses esprits, il se leva, ramassa ses affaires et reprit sa route.

Au loin, il vit des lumières, sans doute un village, et n'eut plus qu'une hâte : s'asseoir autour d'un bon repas.

Cet endroit serait sûrement le dernier avant qu'il ne rentre au bercail. Personne ne l'y attendait, donc il avait envie de savourer pleinement cette dernière étape.

Malgré les températures douces de l'été arrivé tout doucement, il portait encore sa cape noire sur le dos, grisée par l'usure du temps, son chapeau jaunâtre qui ne laissait entrevoir qu'une bouche ouverte sur des dents bien alignées et aux pieds des bottes de marin pleines de boue. Une guitare pendait sur son épaule et il n'avait pour bagage qu'un vieux sac rapiécé qu'il tenait fermement avec sa main droite.

Depuis qu'il avait quitté sa maison, il essayait de chasser de ses pensées des images douloureuses, mais il savait qu'au fond de lui, il ne voulait pas vraiment oublier. Pour cela, il avait mis un coquelicot de papier à la boutonnière de sa chemise, en souvenir de ces jeunes « poilus » tombés au combat, les privant définitivement des joies de la vie. Cette fleur ayant une prédilection pour les sols calcaires, s'épanouissait dans les champs de bataille et les cimetières militaires.

Il était tard, la nuit commençait à tomber, elle avait repris ses privilèges sur la nature. Dans cette campagne, le chemin sur lequel il marchait était bordé de taillis épineux, de zones boisées dont les ombres formaient des créatures étranges. Tout était silencieux, seul le hululement doux et musical d'un hibou au plumage brun et chamois dérangeait ce silence et scandait ses pas.

Il n'avait pas mangé depuis ce matin et son corps le lui rappelait sans cesse par des bruits discrets qui avaient une consonance dérangeante dans le calme de cette nuit.

Les lueurs projetées par ce village formaient une auréole blanchâtre qui s'élevait dans le ciel et qui semblait vouloir atteindre la lune qui ce soir se dévoilait entièrement... C'était la pleine lune.

Au fur et à mesure qu'il s'approchait, des bruits agréables lui parvenaient, il lui semblait entendre le doux son d'une musique, la fatigue après cette longue marche lui jouait-elle des tours ?

Nous étions le 14 juillet 1920, une fête de village... C'était normal, un retour aux valeurs traditionnelles au lendemain de cette Première Guerre mondiale que tous voulaient effacer de leur mémoire.

La guerre, comme eux, il aurait aimé ce soir ne plus y penser, mais au fond de son cœur, il y avait encore trop de souffrance : ses parents disparus, le froid, la faim, toutes les privations que son corps et son esprit si jeune avaient dû subir.

Rien encore ne l'avait apaisé autant que cette musique lointaine qui pénétrait au plus profond de son âme.

Ce qu'il entendait semblait adoucir son mal-être, il n'était plus ce poilu malheureux, il redevenait pour un court instant l'adolescent qu'il avait été, dansant les soirs de bal et buvant en compagnie de ses amis, insouciants, ne s'imaginant jamais ce qui les attendait.

Sur ce chemin, ses lourdes chaussures usées lui paraissaient soudain légères. Avant de partir ce matin, il avait acheté quelques provisions, du pain, de la charcuterie, du vin, mais tout avait été englouti très rapidement, ces longues journées de marche lui donnant faim. Ce soir, il fallait absolument qu'il se réapprovisionne.

Il accéléra le pas.

Sa guitare se balançait dans son dos au rythme de cette douce mélodie. Il frémit de bonheur, cela faisait si longtemps. Les sons qu'il entendait ne pouvaient pas le tromper, il y avait bien une fête…

Il reconnut les instruments qui jouaient un air populaire : il y avait l'accordéon avec ses nombreux harmoniques, le son reconnaissable entre tous du violon, l'orgue et le son brillant de la trompette. Il discernait également la danse jouée : une valse…

De vieux souvenirs remontèrent alors à la surface et des émotions fortes le submergèrent…

Avec le feu de bois pour seul chauffage et la lumière faible qui obligeait à se coucher de bonne heure, son père qui ne plaisantait pas avec l'éducation, avait tenu à lui apprendre la musique.

Dur apprentissage ! Dès l'âge de huit ans, il était obligé de travailler ses gammes ou d'apprendre par cœur les règles du solfège au moins une à deux heures par jour, alors il fulminait souvent lorsqu'il entendait ses camarades d'école jouer dans la rue, juste en face de chez lui.

Mais à dix ans, il lisait couramment les 3 clés[1] et à partir de son adolescence, la musique l'avait alors habité. Son père l'amenait à toutes les fêtes des villages voisins et il passait la plupart de son temps à côté de l'estrade où évoluaient les groupes pour s'imprégner des musiques jouées. C'est à cette époque qu'il avait décidé de devenir lui aussi un jour musicien, mais il y avait eu la guerre et son lot de souffrances qui avaient balayé tous ses rêves. C'était quand même grâce à elle s'il avait pu supporter les nombreux moments de solitude pendant cette période douloureuse de sa vie.

À chacun de ses pas, la musique s'amplifiait jusqu'à devenir bien réelle, il était dans son élément et savourait ce doux moment.

Enfin, il arriva tout près des premières habitations. Après le panneau indiquant le village « St Molf »[2] , il vit la croix de Kervocadet, un des symboles de cette commune ainsi que le vaste toit d'ardoises d'une grande

---

[1] Les 3 clés du solfège sont la clé d'UT, de FA et de SOL.

[2] Saint Molf était le nom d'un moine irlandais, fondateur du couvent de Malmesbury.

maison bien assise sur sa terrasse, mais qui semblait déserte. Elle contrastait avec les maisons avoisinantes, en cours de rénovation pour celles qui n'avaient plus de toits, à l'abandon pour d'autres. Beaucoup avaient perdu leur chef de famille, les femmes se retrouvant seules pour élever leurs enfants et surtout assurer l'entretien de leur maison. Les potagers étaient en friche, les jardins dénudés de toutes fleurs. Ce tableau était triste, mais reflétait bien le quotidien de tous.

Une rue qui descendait s'offrit à lui, elle débouchait sur une place où l'église s'imposait à droite. Son clocher de granit pointait fièrement vers le ciel, les gargouilles situées aux quatre angles de la corniche conférant à l'édifice tout entier un certain équilibre.

Ce village semblait avoir conservé tout le charme d'une bourgade sur lequel flottait un profond sentiment religieux.

Il aperçut les villageois rassemblés, cette communauté vraie, soudée, solidaire et vivante, qui facilitait les rencontres. Toutes les générations étaient représentées : des vieillards voûtés assis sur un banc souriaient aux jeunes enfants courant autour d'eux en poussant des cris stridents. La tolérance était devenue la qualité première en ces temps d'apaisement. Des jeunes femmes riaient tandis que des hommes plus loin, attablés devant un verre de vin blanc discutaient vivement. Ils avaient l'air ce soir tellement heureux de vivre ensemble ces instants de fête, qu'ils semblaient avoir laissé enfin derrière eux leurs tristes souvenirs.

Il avait très envie de faire comme eux, et il se surprit à rêver : « Il poserait sa guitare, s'allongerait auprès d'un feu de cheminée qu'il aurait patiemment allumé et dont les braises dégageraient une douce chaleur, il trouverait enfin « son petit coin de paradis » loin de tous ces jours maudits… »

Il s'approcha alors sans appréhension, se sentant chez lui et se fondit dans cette foule, bercée par les « flonflons » de l'orchestre juché sur une estrade de fortune.

— Eh toi là-bas, tu veux boire quelque chose, un bon petit vin chaud, fait maison, garanti…

Cette voix nasillarde mais chaude le tira de sa rêverie et le replongea brusquement dans la réalité.

— Oui, merci, volontiers.

— Vous n'êtes pas d'ici, je suppose ?

— Non, je viens de Guérande.

— Alors, bienvenue chez nous, et profitez de notre petite fête. Vous êtes de passage ?

Il inspira profondément avant de répondre :

— Oui... de passage.

Ces mots lui écorchèrent la bouche tant il voulut que ce ne soit pas vrai cette fois-ci. Il en avait traversé des villages depuis plusieurs mois, mais sa fuite en avant le forçait à partir dès le lever du soleil.

— Bonne soirée alors.

— Merci, vous aussi.

Il prit le verre et se dirigea vers une vieille femme qui proposait divers produits bretons : des galettes au blé noir accompagnées ou non par une saucisse de porc glissée à l'intérieur et qui se dégustaient à la main, des crêpes de froment sucrées, des crêpes-dentelles dont la pâte était très fine. Il avait le choix pour calmer un peu cet estomac qui le tiraillait depuis plusieurs heures.

Il choisit la galette avec sa saucisse, plat plus consistant.

Puis, tranquillement, il s'approcha de l'orchestre. Une chanteuse, vêtue d'une jolie robe rouge qui la moulait harmonieusement, les cheveux retenus par un ruban de même couleur, venait d'entamer une chanson qu'il avait déjà fredonnée : « Le temps des cerises »[3]. Le timbre velouté de sa voix lui donnait une tessiture peu ordinaire. Elle était accompagnée par un violoniste qui frottait les cordes avec son archet, en amateur, mais l'ensemble restait très agréable à écouter.

Cela donna envie aux couples de s'enlacer tendrement sur la piste de danse. Et ils étaient nombreux.

Il se mit à les jalouser.

Il en avait connu des filles, mais jamais son cœur n'avait battu assez fort et assez longtemps pour qu'il se décidât à fonder une famille. À son retour de la guerre, il se sentait tellement brisé que ce n'était plus devenu une priorité dans sa vie.

Sa mère avant de mourir le lui avait demandé, mais il n'était plus à la hauteur pour une telle responsabilité. Il lui fallait encore du temps. Et puis il n'avait pas rencontré celle qui pourrait le faire changer d'avis, et il désespérait de la trouver.

Il aperçut un groupe de jeunes garçons qui discutaient vivement et se dirigea vers eux. Il enleva sa guitare pour la poser par terre et s'assit sur un

---

[3] Le Temps des Cerises est une chanson de 1866, paroles de Jean-Baptiste Clément, musique d'Antoine Renard

banc pour déguster tranquillement sa galette.

Il les observa du coin de l'œil et avait envie de se mêler à leur conversation, mais la peur de ne pas savoir quoi leur dire le retint. Ceux-ci étaient trop jeunes pour avoir été enrôlés et n'avaient pas connu les horreurs des champs de bataille.

Il savoura cependant ce moment, s'enivrant de leurs paroles juvéniles jusqu'à ce qu'ils s'éloignent de lui pour se diriger vers la buvette. Ils finiraient sans doute la soirée, ivres, comme lui l'avait fait tant de fois : lendemains difficiles avec ses maux de tête en prime.

Sa solitude était alors très réelle et finissant rapidement son petit repas, il se leva, reprit sa guitare et regardant tout autour de lui, décida de se diriger vers l'église. Il y avait longtemps qu'il n'était pas rentré prier.

Bien sûr, il y avait eu l'enterrement de sa mère, mais effondré, fatigué, il avait subi la cérémonie, regrettant de n'avoir pas été là également pour celui de son père.

À son retour, en ouvrant la porte, sa mère n'avait pas eu besoin de parler, ses yeux au milieu d'un visage ravagé par le chagrin étaient vides d'expression, seul le tremblement de ses mains reflétait l'émotion intense de revoir son fils vivant. Il avait compris que son père faisait partie de ceux qui ne reviendraient jamais.

Il s'était alors souvenu du jour de leur départ : ils s'étaient longuement enlacés, sans un mot, juste plein d'amour dans leur cœur étreint d'une profonde angoisse. Puis son père était parti, tête baissée, et lui avait fait un dernier signe de la main, sans se retourner avant de disparaître au détour du sentier qui le mènerait vers sa destinée.

Le retour de son fils n'ayant pas atténué sa douleur, sa mère s'était enfermée chaque jour davantage dans un mutisme total et trois mois plus tard, s'éteignait à son tour suite à une mauvaise pneumonie que son corps affaibli n'avait pu ou n'avait voulu combattre.

Chassant le souvenir de ses parents, il monta les marches et s'approcha de la lourde porte qu'il poussa lentement.

Il inspira un bon coup avant d'entrer, enleva son chapeau et avança silencieusement dans l'allée de droite. Il n'y avait que deux dames assises devant l'autel, têtes inclinées, un missel à la main.

Il s'arrêta devant une peinture sur bois sculpté, intitulée « Agonie » et qui représentait le Christ au jardin des Oliviers. Une vague d'émotions intenses l'emplit et il ne put retenir une larme. Il se mit alors à prier intérieurement, la tête dans les mains.

« Mon Dieu, j'ai beaucoup marché pour oublier, mais toutes mes souffrances sont encore là, si vivaces, aidez-moi à trouver enfin un havre de paix ici ou ailleurs, mais faites vite, je vous en supplie, je suis fatigué de prendre la route tous les matins. »

Il resta ainsi très longtemps, sans bouger et quand il releva la tête, il jeta un dernier regard vers l'autel et réalisa que les deux dames étaient toujours en train de prier et n'avaient pas remarqué sa présence. Il fit demi-tour silencieusement et sortit l'esprit un peu apaisé.

La lumière de cette nuit contrasta avec la pénombre de l'église et il prit une grande bouffée d'air avant de redescendre les marches.

C'est alors qu'une jeune fille le heurta…

Chapitre 2

St Molf – 14 juillet 1920 – Marie

Des cheveux blonds coiffés soigneusement encadraient un visage dont les traits réguliers offraient une réelle beauté à cette jeune bretonne.

Marie était assise à côté de l'orchestre, pensive, le regard triste. Perdue dans ses pensées, elle ne se laissait pas envahir par la douce mélodie jouée. Jean, son petit ami l'avait quittée, il y avait quinze jours aujourd'hui et sa solitude prenait tout son sens ce soir, jour de fête. Pourtant, il avait promis de l'aimer pour toujours, alors elle gardait espoir de le voir changer d'avis, peut-être au cours de cette soirée ?

Depuis plus d'un an, elle le voyait régulièrement en cachette de ses parents, très stricts et qui n'auraient pas compris les sentiments sincères qu'elle avait pour ce garçon. Alors ils se retrouvaient dans les bois pendant leur pause derrière la briqueterie où ils travaillaient tous les deux.

Lorsque la fin du conflit fut proche, on demanda aux femmes de libérer la place pour les soldats, et de retourner au foyer ou aux métiers traditionnellement féminins, tels que la couture, le ménage…
La démobilisation des femmes, plus brutale que la démobilisation militaire, marquait la volonté d'un retour à la normale.
Elle qui avait fait partie de l'équipe de production avait dû retourner dans celle des femmes de ménage.
Jean, lui, continuait à s'occuper des livraisons.

La briqueterie était située en dehors du village et parfois, ils faisaient un bout de chemin à pied ensemble pour rentrer le soir, surtout l'hiver où la nuit tombait si vite.

Ils avaient déniché une petite cabane abandonnée, ancienne remise qu'ils avaient vidée de tout le bric-à-brac trouvé et dans laquelle ils avaient aménagé un petit coin douillet où elle s'abandonnait totalement dans ses bras. Ils étaient jeunes, mais ils avaient déjà bravé l'interdit. Âgés de vingt ans et ayant déjà vécu quatre années de guerre, tout leur semblait désormais permis. Chacun de leur côté, ils avaient subi les souffrances de tout un village : des pères, des frères, des fils morts au combat, la famine… Tous étaient là ce soir, à la fête du 14 juillet, paraissant enfin heureux, mais leur cœur saignait encore pour beaucoup d'entre eux. Sa famille avait été plus épargnée que celle de Jean. Seul un oncle, célibataire n'était pas revenu. Elle se rappelait cependant le jour où un gendarme était venu annoncer la nouvelle à la maison, et se souvenait de la détresse de sa mère devant l'absence injustifiable de ce frère unique, ce deuil impossible pour elle.

Elle aimait bien cet oncle, passionné d'histoire et qui lui racontait souvent des épisodes de la révolution française. Elle avait pleuré pendant plusieurs nuits, mais trop jeune pour comprendre l'atrocité réelle de la situation, la vie pour elle avait repris son cours normal. Par contre pour Jean, la disparition de ses deux cousins, et surtout de son grand frère l'avait marqué à jamais. Sa mère était devenue folle et son père n'avait plus jamais ri. Il se retrouvait le seul garçon de la famille et devait continuer à vivre avec cette douleur au quotidien.

La souffrance qu'elle avait vue dans les yeux de nombreuses familles, de ses voisins, ne s'oubliait pas. En fait, on vivait, mais c'était triste. Alors elle s'était réfugiée dans l'amour sans réfléchir, sans retenue.

Leur liaison avait commencé doucement, il la raccompagnait jusque chez elle après le travail et ils discutaient de tout et de rien, le plus souvent de leurs rêves respectifs. Il attendit le troisième soir avant d'oser lui prendre la main. Ce simple geste l'avait fait frissonner et des sensations nouvelles, inconnues l'avaient alors envahie. Et puis il l'avait embrassée, tout d'abord très doucement puis de plus en plus fougueusement. Elle appréciait ses gestes de tendresse et lui faisait confiance.

La première fois s'était passée un soir où ils avaient pu rester toute une journée dans leur cabane, la briqueterie ayant fermé ses portes pour cause de décès. La femme du patron était morte en couches.

Leurs caresses avaient été plus loin que d'habitude et Jean très affectueusement l'avait prise. Elle avait eu un peu mal, mais n'avait rien montré tant elle l'aimait. Dans ses bras, elle retrouvait toujours le retour vers une vraie quiétude.

Et puis au mois de juin, leurs rencontres s'étaient espacées, prétextant beaucoup de travail Jean les annulait toujours au dernier moment. Elle ne comprenait plus, il avait tellement changé : il était devenu distant, moins tendre avec elle, moins attentionné, elle avait mis cela sur le compte d'une fatigue passagère, mais un soir, n'en pouvant plus après qu'il eut repoussé ses caresses, elle lui avait demandé une explication.

— Jean, que t'arrive-t-il ?
— Rien, pourquoi ?
— Je te trouve distant, tu ne ris plus comme avant et nos caresses se font de plus en plus rares.
— Je suis fatigué en ce moment.
— Ne cherche pas d'excuses, il y a autre chose, que me caches-tu ?
— Rien je te dis, allez, tu m'énerves, si tu continues je rentre chez moi.
— Je veux juste savoir ce qui ne va plus.
— Bon, eh bien, tu vas le savoir puisque tu insistes tant : j'ai trouvé du

travail à Guérande et je vais quitter mes parents pour m'installer là-bas. Je ne reviendrai au village qu'une fois par mois.

— Une fois par mois ? dit-elle d'une voix tremblotante.

— Oui, donc on ne se verra plus beaucoup et il vaudrait mieux que tu m'oublies et que tu vives ta vie de ton côté.

— Mais notre histoire, c'était sérieux, on s'est promis tant de choses, tu n'as pas oublié ?

— Non je n'ai pas oublié, mais les choses ont changé, nous avons grandi et moi j'ai envie de vivre autre chose.

Marie résistait et refoulait les larmes qui arrivaient, il fallait qu'elle reste forte pour trouver les arguments qui le feraient renoncer à ce stupide projet. Oui, il était stupide de penser qu'il pourrait vivre loin d'elle, de sa famille, il allait être trop malheureux.

Mais dans son regard, elle voyait toute la détermination de ce jeune garçon qui n'avait connu qu'elle et qui aspirait sans doute à d'autres horizons, même s'il pouvait se brûler les ailes.

— Que vais-je devenir sans toi ?

— Tu trouveras vite les bras d'un autre, tu es jolie.

— Mais c'est toi que j'aime et je n'ai pas envie d'un autre.

— Tu dis cela aujourd'hui, mais demain…

— Demain et tous les autres jours de ma vie, je t'attendrai, je suis sûre que très vite, tu reviendras dans mes bras. Dis-moi Jean que je ne me trompe pas, dis-le-moi.

— Non, je ne te reviendrai pas, je te l'ai dit, tu dois m'oublier, dit-il d'une voix ferme. Je ne changerai pas d'avis, ma décision est prise, je pars dans quelques jours.

— Dans quelques jours, murmura-t-elle.

Le monde s'écroulait autour d'elle, Jean, son jean qu'elle aimait tant était en train de lui dire que ce soir tout était fini, qu'il n'y aurait plus de rencontres en cachette, de moments intimes si intenses. Elle allait se retrouver seule et cela lui était insupportable. Elle savait qu'elle risquait d'en mourir.

Elle ne put retenir un cri d'amour :

— Fais-moi l'amour une dernière fois, je t'en supplie !

Surpris par sa demande, mais touché par sa détresse, il l'avait prise dans ses bras. Elle s'y blottit et ils restèrent ainsi pendant un long moment et quand il accepta de la prendre, elle s'abandonna, des larmes coulant doucement le long de ses joues, glissant jusque dans le creux de ses seins.

Cet acte d'amour fut bref et Jean lui essuyant les larmes qui maintenant coulaient à flots, lui embrassa la joue, la força à le regarder droit dans les yeux et lui dit :

— Je ne changerai pas d'avis, ma décision est prise.

Et puis il était parti, la laissant là, petite fille sans vie…

Pendant les jours qui suivirent, elle espérait chaque jour avoir un signe de lui, et elle guettait son retour en restant des heures et des heures sur le banc situé en face de la maison de ses parents. Mais les volets de sa chambre restaient désespérément clos.

Ce soir, c'était la fête au village et elle était persuadée qu'il serait présent, alors une lueur d'espoir l'avait envahie depuis la veille. Elle avait mis sa plus belle robe, et avait passé du temps à se coiffer.

Toujours dans ses pensées, Marie se leva, remonta une mèche qui la gênait. Elle tremblait de froid malgré la tiédeur de cette soirée. Elle venait d'apercevoir Sandrine, son amie et confidente.

— Bonsoir Sandrine, tu vas bien ?

— Oui, et toi ? Tu as l'air si triste ?

— Jean me manque !

— Oui je sais, je comprends, mais il va peut-être te revenir.

— Je ne sais pas. Tu l'as vu ce soir ?

— Non, mais je pense qu'il va venir, avant il ne ratait jamais l'occasion de danser.

— Oui tu as raison.

Son amie ne savait plus quoi lui dire quand soudain :

— Tiens, le voilà, regarde ! dit-elle en pointant son doigt vers le haut du village.

En effet, un vélo dont le feu avant diffusait un faible halo, descendait à vive allure la grande rue, c'était bien lui, elle le reconnaîtrait entre mille… son Jean. Il était brun, grand et bien bâti, un homme quoi ! Il avait mis la chemise à carreaux bleus et blancs qu'elle lui avait offerte, elle faisait ressortir la couleur de ses yeux clairs. Il avait plaqué ses cheveux noirs en arrière et portait une casquette marron. Mon Dieu, ce qu'il était beau ce soir et combien son cœur saignait en le voyant !

Il était là, si loin et si près à la fois, mais ce qu'elle vit la glaça et elle dut se retenir au bras de son amie pour ne pas chanceler : il n'était pas seul, derrière lui, en amazone, une jeune fille qu'elle ne connaissait pas, sans doute venue d'un village voisin, se tenait serrée contre lui pour ne pas tomber.

Jean ralentit, descendit de son vélo et aida la jeune fille à en faire autant. Ils riaient de bon cœur et la pressant contre lui, l'embrassa comme s'ils étaient seuls au monde.

Mais ils n'étaient pas seuls, Marie ne pouvait détacher son regard de ce spectacle même si chaque seconde augmentait sa souffrance.

Elle se surprit à gémir et prononça son prénom doucement, si doucement, plainte douloureuse que même son amie Sandrine ne put entendre. Ses jambes ne la portaient plus, elle dut s'asseoir pour ne pas tomber et crut en cet instant qu'elle allait devenir folle. C'est cela un chagrin d'amour, elle le savait. Pourrait-elle s'en remettre un jour ?

Enfin, elle décida de se lever pour ne plus l'apercevoir et se fraya un passage entre les danseurs qui avaient envahi de nouveau la piste, traversa la place et courut vers l'église pour se cacher et y chercher un réconfort. Le ciel était rempli d'étoiles, mais elle ne les voyait pas, son propre ciel s'était, d'un seul coup, obscurci d'épais nuages noirs. Elle frissonna et eut envie de crier au monde entier sa peine si profonde. Pouvait-on en survivre ? Elle ne le pensait pas tant la douleur qui l'étreignait était vive, et se demanda comment elle allait continuer à vivre sans lui maintenant. Où trouverait-elle cette force ?

Elle tituba en montant les marches, car sa vision était troublée par les larmes qui envahissaient son visage et pour ne pas tomber se retint au bras d'un inconnu.

Lui, le « musicien »...

Chapitre 3

St Molf – 15 juillet 1920 – La faute

Sa main était dans la sienne. Elle était chaude et calmait son cœur qui battait la chamade depuis la veille. Quel pouvoir dégageait cette chaleur qui lui avait fait tourner la tête.

Charles Trenet écrivit « j'ai ta main » une chanson dont les paroles auraient pu être inspirées par cette scène romantique…

Il avait eu envie de prendre sa guitare pour la chanter, mais avait eu peur de réveiller Marie qui dormait profondément près de lui.

Il se surprit cependant à la fredonner…

Il pensa alors aux événements de la veille : les choses s'étaient passées si naturellement...

Quelques heures auparavant, lorsqu'elle s'était appuyée sur lui pour ne pas tomber, il l'avait retenue fermement et devant le spectacle de cette jeune fille dont le visage était couvert de larmes, il avait eu l'audace de lui parler afin de la réconforter.
— Mademoiselle, puis-je vous aider ?
— Non merci, vous ne pouvez rien pour moi.
— Voulez-vous que nous marchions un peu ?

Elle avait levé la tête et lui avait répondu faiblement un oui sans aucune motivation dans la voix. Elle paraissait perdue dans un univers qu'elle ne reconnaissait plus. Elle l'avait suivi ne sachant pas où aller…

Ils marchèrent, sans un mot, côte à côte et ce moment lui parût magique tant la situation était étrange. Cette fille aux cheveux blonds, qui sentait bon, lui procurait des sensations inconnues. Il avait envie de la prendre dans ses bras, de la protéger contre les dangers de la nuit, surtout, il avait envie de lui prendre la main, mais il n'osait pas, il avait trop peur de l'effrayer.

Arrivés près d'un bosquet, ils s'étaient assis sur un tronc d'arbre déraciné par le dernier orage et il lui avait alors demandé, se surprenant à la tutoyer :

— Quel est ton nom ?
— Marie… Marie Tastevin

— Tu es du village ?

— Oui, j'y vis depuis toujours.

— Tu as l'air si désemparée, une histoire d'amour ?

— Oui, mon ami m'a quittée.

À ces mots, des larmes avaient coulé de nouveau sur ses joues et elle n'avait pu continuer à parler.

Alors là, il avait osé…

La prenant dans ses bras, maladroitement, il lui avait dit :

— Excuse-moi, je ne voulais pas te faire pleurer

— Non, ce n'est rien, mais notre rupture est trop récente et j'avais encore ce soir un peu d'espoir en moi.

— Tu l'as revu ?

— Oui, mais de loin et en bonne compagnie, il m'a déjà oubliée.

Sa tête avait pivoté pour la première fois, afin de le dévisager un peu mieux, elle parlait à un homme qu'elle ne connaissait pas et elle était dans ses bras. Mais elle le trouvait beau et la régularité de ses traits l'avait rassurée. Elle avait envie de s'abandonner encore plus pour ne plus souffrir.

Il avait ressenti ce frémissement et l'avait serrée plus fort, une étreinte qu'elle n'avait pas refusée.

Ils restèrent longtemps ainsi, la douceur de la nuit rendant cet instant agréable. Le son lointain de la fête leur parvenait et donnait à la situation un côté encore plus romantique.

Elle portait une jolie robe à fleurs et ses cheveux tirés en arrière étaient attachés avec un ruban assorti faisant ressortir des yeux flamboyants. Il n'avait pas vu de plus jolie fille et son cœur palpitait tellement qu'il avait peur qu'elle s'en rende compte et qu'effrayée, elle ne s'en aille.

— Tu viens d'où ? lui avait-elle demandé, brisant d'un seul coup ce moment d'abandon en se détachant de lui et en le tutoyant aussi.

— De Guérande.

— Tu as fait la guerre ?

— Euh oui… Je suis un « poilu ». On me surnomme « le musicien », mes amis aimaient que je joue de la guitare pendant les moments de répit entre deux batailles.

— Jean aurait aimé en être un, et c'est cette frustration qui lui tourne la tête aujourd'hui. Il veut vivre une autre vie.

— Il ne sait pas la chance qu'il a eu de ne pas voir les horreurs de cette guerre… et … de pouvoir t'aimer.

Ces derniers mots sortirent difficilement de sa bouche, mais voilà, il les avait dits.

Elle avait été troublée par ses paroles et s'était levée soudainement.

Se redressant également, il lui avait pris fermement la main et l'avait entraînée sur le chemin en l'obligeant à marcher à côté de lui sans se toucher, avec pour seul contact la tiédeur de leur main, sans un mot.

Tournant le dos au village, ils avançaient lentement vers le haut de la colline, éclairée seulement par des lueurs lunaires, paysage étrange dans une situation qui l'était encore plus, lui, savourant cet instant, elle, dans ses tristes pensées.

À l'orée d'un bois, il l'avait subitement entrainée à l'intérieur, la faisant courir à perdre haleine. Elle avait trébuché et ils s'étaient retrouvé tous les deux, assis par terre riant aux éclats.

Elle avait ri, elle qui pleurait de douleur quelques minutes auparavant. Quel pouvoir avait cet homme sur elle, si fragilisée par ce qui lui arrivait ? Elle était sûre d'une seule chose : il apaisait les saignements de son cœur, court répit sans doute.

Ils étaient dans une clairière et le ciel étoilé offrait une lueur bleutée au milieu des arbres agités par une douce brise.

Il avait sorti de son sac une petite couverture, objet qui ne l'avait jamais quitté pendant toute cette errance et ils s'y étaient installés.

Allongés et le regard perdu dans la multitude de ces étoiles, témoins de la scène, ils n'avaient plus bougé jusqu'à ce que leurs mains se rejoignent à nouveau. La situation était devenue sensuelle. Elle, qui connaissait les plaisirs de la vie depuis peu, ne comprit pas ce qui lui arrivait lorsque son corps trembla soudain d'un désir intense pour cet inconnu. Son ventre était tendu et rempli de sensations nouvelles.

Lui, le vagabond qui ne résistait jamais très longtemps lorsqu'une occasion se présentait, ressentait lui aussi ce désir, mais cette fois-ci, il attendait un signe d'elle… Surtout ne rien brusquer.

Lorsque leurs regards s'étaient croisés enfin, ils avaient su qu'ils avaient la même envie, celle de se donner l'un à l'autre.

Il avait posé sa bouche contre la sienne et elle s'était abandonnée, répondant à son tendre baiser qui devint très vite fougueux.

Il lui avait fait l'amour avec toute la tendresse qu'il était capable de donner, des sentiments refoulés refaisant surface.

Il l'avait déshabillée doucement, avait senti son corps aux formes harmonieuses frémir au contact de ses mains rugueuses et cela avait rendu son plaisir plus fort. La laitance de sa peau et la lumière de la nuit lui avaient renvoyé un tableau merveilleux à ses yeux, il n'avait jamais tenu plus belle fille dans ses bras. Il s'était senti envouté.

Elle s'était laissé faire, savourant ce moment voluptueux et elle n'avait pu s'empêcher de penser que ce qu'elle ressentait était nouveau pour elle, un plaisir différent dans les bras de cet homme si musclé. Tous ses sens étaient exacerbés et lorsqu'il l'avait pénétrée enfin, sa jouissance fut si violente que le cri qu'elle avait poussé les avait surpris, elle plus que lui.

Ils étaient restés ensuite longtemps enlacés, une légère brise frôlait leurs deux corps dénudés, mais ils n'avaient pas froid, leur excitation n'étant pas complètement retombée.

Puis Marie s'était endormie, paisiblement.

Il était là au milieu de ses réflexions quand Marie se réveilla en sursaut, regardant tout autour d'elle, étonnée de se trouver dans les bras de cet inconnu, mais réalisant sans doute ce qu'elle venait de faire.

Son regard lui transperça le cœur, il se sentit un peu honteux, mais elle avait été entièrement consentante et elle était tellement désirable…

Elle se leva, se rhabilla précipitamment en remettant en place ses cheveux tout ébouriffés. Si la situation n'était pas aussi bizarre, il rirait de ce spectacle, mais tel n'était pas le cas. Il comprenait que la magie de cette nuit avait disparu.

Elle le regarda fixement et lui dit, imposant le vouvoiement comme si elle voulait rompre au plus vite le lien qui les avait unis :

— Je dois rentrer, je ne devrais pas être là avec vous dans ces bois, qu'ai-je fait ?

— Je regrette de vous voir si malheureuse, je n'ai pas voulu profiter de la situation, tout s'est passé si vite. Puis-je vous raccompagner au moins jusqu'à l'entrée du village ?

— Non !! Maintenant laissez-moi, je ne veux plus vous revoir, j'ai trop honte.

— J'insiste, il fait encore nuit !

Elle ne répondit même pas et se mit à courir vers le chemin qui menait au village sans se retourner.

Il la regarda s'éloigner, impuissant… Il avait une envie folle de la poursuivre, mais ses jambes refusaient de lui obéir.

Il resta longtemps assis dans ces bois, surpris lui-même par les larmes qui inondaient ses yeux. Il n'avait plus pleuré depuis le jour de l'enterrement de sa mère lorsque le cercueil était descendu dans la fosse et qu'il avait tant hurlé.

Cette nuit, il ne comprit pas pourquoi la vie ne lui souriait pas un peu. Ce qu'il avait ressenti pour cette jeune fille était un sentiment inconnu pour lui, mais il avait compris que cela pouvait être de l'amour. Cela lui faisait si mal de la voir s'éloigner de lui sans se retourner.

Avait-il mal agi ? Pensait-elle qu'il avait profité de son grand désarroi pour provoquer en elle cet abandon d'une nuit… Sans doute.
Il réalisa soudain qu'il avait peut-être, en effet, profité de sa faiblesse même si elle paraissait consentante. Il ne l'avait pas forcée physiquement, mais moralement, oui… Et maintenant, il le regrettait.

Au bout d'un long moment, sa décision fut prise, il fallait qu'il parte, loin aussi loin que possible de ce village, elle ne voulait pas de lui, il fallait qu'il tourne la page très rapidement sinon il sentait qu'il allait devenir fou. Vite oublier cette nuit…

Il remit sa guitare sur le dos et tête baissée prit le chemin en sens inverse.

Chapitre 4

St Molf – 20 septembre 1920 – Le retour

Le « musicien », sa guitare toujours fidèle dans le dos, s'arrêta de marcher. Il venait d'apercevoir le clocher de l'église, dressé fier au milieu des toits couverts d'ardoises de ce village qui lui rappela d'un seul coup toutes les souffrances qu'il avait endurées depuis ce jour d'été où il n'était resté qu'une nuit. Une seule nuit, mais… inoubliable… dévastatrice.

Il avait essayé de retrouver un peu de paix en rentrant chez lui, mais n'y arrivant pas, il était reparti sur les routes, traversant villes, villages, hameaux, où il ne s'arrêtait que pour manger ou dormir, ne parlant à personne et où il s'endormait le plus souvent ivre.

Il n'arrivait pas à oublier Marie, son odeur, son corps, une douleur intense s'emparait de lui à chaque fois qu'il se remémorait cette fameuse nuit. Comment avait-il pu croire que cette fois-ci, ce serait différent, elle s'était pourtant donnée à lui, mais elle l'avait rejeté si vite, ne lui laissant aucune chance de mieux le connaître.

Il prit une bonne bouffée d'air et reprit sa marche. Il faisait bon, l'automne pointait le bout de son nez, mais encore trop timidement pour lui faire oublier l'été, qui fut très chaud cette année-là. Seul signe d'un futur changement de saison, il avait revêtu sa cape qui ne le quitterait plus jusqu'à l'été suivant.

Plus il avançait, plus son cœur battait la chamade, il revenait pour tenter une nouvelle fois sa chance auprès d'elle, mais il savait qu'il pouvait se heurter de nouveau à un refus de la part de celle qu'il considérait aujourd'hui comme « la femme de sa vie ».

Il avait tant cherché celle qui pourrait partager son existence, qu'il était persuadé maintenant de l'avoir trouvée, il ne pouvait se résoudre à l'oublier. Mais comment la faire changer d'avis ? Il était prêt à tout, même à se séparer de sa guitare, et surtout à s'arrêter de parcourir le monde. Il était si fatigué.

Les premières maisons étaient à sa portée, il avait le sentiment que ses pieds ne voulaient plus avancer tant la peur l'envahissait de nouveau.

Il prit son courage à deux mains et parcourut très vite la grande rue qui descendait vers le centre du village. Il était très tôt et beaucoup de volets étaient encore fermés. Seuls, la boulangerie et le bar étaient déjà ouverts. Il avait choisi de se diriger vers le café pour prendre une boisson réconfortante en attendant que le village se réveillât enfin.

Plusieurs tables étaient occupées, mais il était surpris par le silence qui régnait dans cette salle. Chacun émergeait doucement de la nuit qu'ils avaient passée, calme ou agitée, eux seuls le savaient…

Il avait choisi de s'asseoir près de la fenêtre pour avoir une meilleure vue sur la place et surveiller ainsi les mouvements de foule, espérant apercevoir peut-être celle qui hantait tous les instants de sa pauvre vie.

Elle lui avait dit qu'elle travaillait à la briqueterie à l'est du village et qu'elle s'y rendait chaque jour en vélo. Mais il ne savait pas où elle habitait et par où elle passerait.

Perdu dans ses pensées, il sursauta lorsque le barman lui demanda ce qu'il voulait.

— Pardon, Monsieur, vous désirez quelque chose ?

— Oui, merci, un café… Bien tassé s'il vous plaît. À quelle heure l'usine ouvre-t-elle ? demanda-t-il, étonné par sa propre audace.

— 8 heures

— Où se trouve-t-elle ?

— En sortant du bar, vous prenez à droite et vous remontez la grande rue. En haut, vous tournez à gauche et l'usine se trouve à 500 m environ.

— Merci beaucoup.

— De rien.

Il n'était que 7 heures, il avait une heure pour trouver l'usine où il pensait pouvoir la rencontrer. Il prit alors le temps de savourer son café et les deux tartines qui l'accompagnaient, tout lui paraissait savoureux ce matin, c'était peut-être bon signe…

7h30 : il régla le patron et sortit, tourna à droite et attaqua la montée d'un pas très décidé. Il arriva ainsi très rapidement devant un grand bâtiment et repéra un petit muret bien à l'écart des regards. Il pourrait tranquillement observer l'arrivée des employés sans être vu.

Justement, les premiers arrivaient, seul ou en groupe, à pied, à vélo ou en voiture...

Il la chercha désespérément du regard, mais ne la vit pas.

Pendant cette attente, un doute le submergea : mais si elle acceptait de lui parler, que lui dirait-il ? Arriverait-il à lui prononcer des mots profonds, sincères pour la toucher ?

Cependant, il réalisa en fait qu'il ne la connaissait pas, il s'en rendit bien compte. Ils avaient fait l'amour, s'étaient fait quelques confidences, mais que savait-il d'elle ? Très peu de chose.

De toute façon, il n'avait rien à perdre... Si ce n'était se perdre à jamais...

8 heures : les retardataires arrivaient maintenant en courant, essoufflés. Mais toujours pas de Marie à l'horizon. Était-elle souffrante ou avait-elle quitté le village ? Il croisa les doigts pour que ce ne fût ni l'un ni l'autre, elle était sans doute tout simplement très en retard.

Lorsque les portes de l'usine se fermèrent, il se leva et prit la direction de l'église, là où il l'avait vue pour la première fois. Il était mal à l'aise, inquiet.

Assis sur le parvis se trouvait un groupe de jeunes, cigarettes à la bouche pour certains, deux filles et trois garçons en pleine conversation. Ils étaient joyeux et leurs éclats de rire l'incitèrent à les aborder.

— Bonjour les jeunes.

— Bonjour, répondirent-ils en chœur.

— Excusez-moi de vous déranger, je suis à la recherche de Marie.

— Marie ? s'exclama une des deux filles.

— Oui, c'est une jeune fille du village que j'ai rencontrée le soir du bal du 14 juillet et je voudrais lui rendre un livre qu'elle m'a prêté, s'expliqua-t-il en pensant qu'il valait mieux mentir sur la vraie raison de sa quête.

— Marie n'est plus au village, elle est partie depuis plus d'un mois, répondit très vite, trop vite la même fille, mais si je la vois, je le lui donnerai de votre part.

— Euh... Non, je voudrais lui rendre moi-même, je reviendrai une autre fois, merci quand même.

Il s'éloigna rapidement ne voulant pas donner plus d'explications... Il se sentit ridicule tout d'un coup, mais soudain, il s'arrêta, une jeune fille lui courait après en l'interpellant, son cœur s'était mis à battre très fort :

— Monsieur, Monsieur !!

— Oui, dit-il en se retournant lentement, ne voulant pas laisser transparaître son émoi.

Il reconnut cette jeune fille, c'était la seule qui avait répondu dans le groupe.

— Je vous en prie, laissez Marie tranquille, elle ne va pas bien en ce moment. Elle est souffrante et ses parents ne veulent pas qu'elle sorte pour l'instant.

— S'il vous plaît, essayez de la contacter et dites-lui que « le musicien » veut lui parler… Une dernière fois… C'est important.

— Bien, je vais voir ce que je peux faire.

— Merci beaucoup.

— Venez au bar qui se trouve en face de l'église, vers 20 heures.

— Comment vous appelez-vous ?

— Sandrine.

— D'accord Sandrine, encore merci.

Elle repartit aussi vite qu'elle était venue. Il la regarda s'éloigner priant qu'elle réussisse à convaincre Marie. Il reprenait espoir, il voulait tant lui parler, il en avait besoin pour continuer sa route avec ou sans elle.

La journée fut terriblement longue, mais il était serein, il allait la revoir, il en était sûr. Il refit le chemin qu'ils avaient emprunté ensemble et eut du mal à retrouver la petite clairière qui avait abrité leurs ébats amoureux. Une fois trouvée, il y resta un long moment, réfléchissant à la situation dans laquelle il se trouvait.

Il était là comme un jeune amoureux, tremblant en attendant celle qu'il aimait, mais il était conscient que c'était sans doute à sens unique, que la possibilité que Marie réponde favorablement à ses avances était très faible. Quels mots seraient assez justes pour l'atteindre et l'inciter à le regarder différemment et surtout pas comme un ennemi potentiel.

Il passa le reste du temps à arpenter les rues du village, ne sachant pas où elle habitait, il espérait la rencontrer au détour d'une rue, mais ce ne fut pas le cas.

19 heures : il était déjà attablé devant un verre d'eau, regardant les passants peu nombreux à cette heure. Les villageois étaient tous rentrés de leur travail et s'apprêtaient sûrement à dîner. Le village était silencieux, silence qui annonçait la venue proche de la nuit.

Il avait commandé un repas léger, sans alcool pour garder un esprit lucide. Il savait qu'un verre de trop altérerait rapidement ses facultés mentales et sous l'emprise de l'alcool, il lui était déjà arrivé de devenir violent, reste de son vécu dans les tranchées. Ils buvaient tous pour se donner du courage avant les combats, ils pensaient alors qu'ils étaient invincibles et la peur les quittait un peu.

Ce soir, il fallait qu'il soit sobre pour être calme, serein…

20 heures : Sandrine n'était pas là. Il commençait à douter de sa venue quand il l'aperçut de l'autre côté de la place devant l'église. Elle traversa cette place d'un pas décidé et arrivée près de lui, prit une chaise pour lui faire face.

Elle s'était changée et arborait une robe verte mi-longue qui lui allait à ravir. S'il n'avait pas été amoureux de Marie, il aurait aimé la courtiser, mais son cœur était désormais pris et il en était réellement convaincu à cet instant.

— Alors, demanda-t-il, nerveux, les mains toutes moites cachées sous la table.

— J'ai vu Marie et elle veut bien vous rencontrer.

— Quand ? répondit-il, très excité par cette nouvelle qu'il avait tant espérée.

— Demain, ses parents s'absentent pour aller voir une vieille tante malade.

— Où et à quelle heure ?

— Elle m'a dit de vous dire qu'elle vous attendra dans les bois au même endroit que la première fois, vers midi. Ne soyez pas en retard, elle n'aura pas beaucoup de temps.

— Oh merci beaucoup lui dit-il en lui prenant les mains, ne résistant pas à les serrer très fort.

Sandrine rougit et bégaya un :

— De rien, bonne soirée.

Puis elle se leva calmement, rangea sa chaise et avant de partir lui adressa un regard interrogateur, tout en lui disant :

— Je ne sais pas ce qui s'est passé entre vous, mais elle était très perturbée en apprenant votre visite et a longtemps hésité avant de vous fixer ce rendez-vous. J'espère que vous ne la perturberez pas plus, elle n'est vraiment pas bien en ce moment.

Sur ces mots, elle tourna les talons et reprit son pas décidé en direction de l'église qu'elle contourna rapidement.

Se retrouvant seul, il respira un bon coup pour que son cœur arrête de battre la chamade. Il fallait qu'il se contrôle mieux que cela quand Marie serait devant lui.

Elle avait dit oui, quel bonheur !

Il demanda au cafetier une chambre pour la nuit, et celui-ci lui indiqua une petite pension à la sortie du village. Il trouva facilement, et l'établissement lui parut chaleureux, un jardin bien entretenu, très fleuri.

On lui proposa un petit apéritif qu'il ne refusa pas, puis il monta se coucher après un repas délicieux et s'endormit très rapidement, l'esprit apaisé, chose qui ne lui était pas arrivée depuis bien longtemps.

Le lendemain matin, un coq chanta très tôt et le sortit de sa torpeur matinale. Il avait l'air de faire beau et la journée s'annonçait merveilleuse, enfin, il le souhaitait du fond du cœur.

Il essaya de passer la matinée à s'imprégner des odeurs du bois, à se familiariser avec le bruit de la nature et allongé au pied d'un bouleau, il attendit patiemment en regardant avancer les nuages blancs qui se couraient après.

Le temps passa lentement, mais il savoura cet instant, redoutant la rencontre avec celle qui, il le savait, avait pris son cœur. Que pensait-elle de son retour ? Se doutait-elle de l'immensité de ses sentiments ? De toute façon, il lui dirait.

Enfin, midi arriva. Scrutant l'horizon, il ne tarda pas à voir en bas du chemin une silhouette qu'il aurait reconnue entre toutes. Elle avançait tranquillement, s'arrêtant même pour sentir telle ou telle fleur. Il lui sembla qu'elle souriait et qu'elle était heureuse d'être là sur ce chemin, à gambader. Avait-elle oublié pourquoi elle était là ? Ou était-ce le fait de revoir son ancien amant qui la rendait si lumineuse. Il se prit à rêver... Il allait être vite fixé...

Elle l'aperçut enfin, et là, ce qu'il vit le refroidit un peu. Son sourire avait disparu et de plus près, il comprit que son amie Sandrine n'avait pas menti, elle était très pâle et semblait malade. Elle avait mis une robe noire trop large pour elle, ses cheveux n'étaient pas bien coiffés, mais il la trouvait toujours aussi belle, sa pâleur faisant ressortir la beauté de son regard triste.

Elle s'approcha de lui, mais à bonne distance, les mains croisées dans le dos, et réussit à prononcer un mot :
— Bonjour.
— Bonjour Marie.
— Je n'ai pas beaucoup de temps, merci de me dire ce que tu veux, réussit-elle à prononcer faiblement.

Son tutoiement lui donna le courage de lui répondre :

— Je... je n'arrive pas à oublier cette nuit d'été.

— Non, le coupa-t-elle, il ne s'est rien passé d'important, ce fut une erreur. J'étais effondrée par ma rupture avec mon petit ami, mais aujourd'hui cela va mieux.

— Ton amie m'a dit que tu étais souffrante, j'espère rien de bien grave ?

— Non... non, juste une petite fatigue passagère. Il faut m'oublier, je t'en conjure, c'est la seule chose que tu peux faire pour m'aider.

— Mais pourquoi ? Que se passe-t-il ?

— Rien que tu ne dois savoir.

— J'insiste Marie, ce que j'éprouve pour toi est tellement fort que je suis prêt à tout pour être à tes côtés et te protéger. Je suis revenu pour te le dire et te le prouver en déposant définitivement mes bagages.

— Ma vie ne m'appartient plus, répondit-elle les yeux commençant à s'embuer un peu.

— Marie que se passe-t-il ? Dis-moi ce qui ne va pas.

— Je ne peux pas, je n'ai pas le droit.

— À cause de tes parents, c'est ça ? Sandrine m'a dit que tu étais venue me voir en cachette. Que caches-tu de si important ?

— Bon je rentre, oublie-moi et continue ton chemin, ton bonheur est ailleurs.

Elle ramena ses cheveux en arrière, lui tendit la main et lui dit :

— Je t'en prie, va t'en, sans te retourner.

Il prit cette main tendue et frissonna de plaisir. Ce simple contact le ramena quelques mois en arrière quand elle avait accepté de se donner à lui. Elle comprit à cet instant-là ce qu'il ressentait et retira vivement sa main. Elle aussi était très troublée, mais elle n'avait pas le droit de le montrer, sa vie ne lui appartenait plus désormais.

— Je m'en vais, adieu !

En disant ces derniers mots, elle eut un haut-le-cœur et se retournant, elle se mit à vomir, pliée en deux. Elle n'avait pas pu se contrôler et savait que son secret allait être découvert. Il ne fallut pas longtemps en effet au musicien pour comprendre.

— Marie, tu es enceinte ?

— Non !

— Marie, regarde moi dans les yeux, tu attends un bébé n'est-ce pas ?

— .... Oui, et mes parents m'obligent à me cacher, c'est une honte pour notre famille,

— Qui est le père ? C'est moi ?

— Non, c'est Jean.

— Tu en es sûre ?

— Oui, je suis enceinte de plus de 4 mois, tu n'as qu'à calculer, dit-elle, énervée par le fait de s'être trahie.

Abasourdi par ce qu'il venait d'apprendre, il resta sans voix. Lui qui avait fait tant de rêves où elle était présente à ses côtés, sentit un grand vide et le besoin de s'asseoir. Alors, elle s'approcha de lui tout doucement et lui déposa un baiser sur la joue en disant :

— Adieu, la vie est ainsi faite, je dois assumer mes actes et cet enfant que je porte ne doit pas en pâtir. Mes parents s'en occuperont à condition que je leur obéisse jusqu'à la délivrance. Jean n'est pas encore au courant, mais je vais bientôt lui dire et tout ira mieux je pense. Je ne veux garder de notre rencontre qu'un moment d'abandon sans conséquence.

Sur ces mots, elle se retourna et repartit vers sa destinée.

Marie le laissa là, pantois et si malheureux, mais que pouvait-elle faire pour lui ?

Il resta longtemps ainsi, n'osant pas bouger. Tout son corps lui faisait mal tant ses muscles étaient tendus. Il fallait qu'il reprenne sa route, mais il n'en avait plus la force. Et pourtant, la triste réalité était là, il n'y avait pas de place pour lui auprès d'elle.

En marchant, tournant le dos au village, il ne put s'empêcher de penser aux étreintes qu'ils avaient eues, à la douceur de sa peau, il savait qu'il se faisait du mal mais c'était plus fort que lui.

Soudain, il s'arrêta net de marcher.
Et si elle lui avait menti ?

Il se remémora alors leur conversation, il avait ressenti chez elle une gêne quand il lui avait demandé qui pouvait être le père de l'enfant qu'elle portait. De plus, ses parents la cachaient des habitants du village, car ce devait être une véritable honte pour eux. Leur avouer en plus, qu'elle avait eu une relation d'une nuit avec un inconnu, aurait empiré les choses.
C'était cela, elle avait menti.
Que faire ? Soit il respectait complètement son choix de ne pas dire la vérité pour l'épargner, soit il retournait la voir pour l'obliger à avouer. Si c'était lui le père, comment vivre avec ce secret ?

Il prit alors une décision raisonnable à son avis, il allait retourner au village pour essayer de rencontrer Sandrine et lui remettre une lettre pour Marie.

Il voulait lui dire que si c'était lui le père, il respecterait sa décision de ne pas le dévoiler pour l'instant, mais qu'il était prêt à assumer ses responsabilités quoiqu'il arrive. Il lui donnerait l'adresse de sa maison à Guérande où il attendrait qu'elle le contacte si elle changeait d'avis et si elle avait besoin de lui.

Voilà, c'est cela qu'il allait faire, et avec un pas très décidé, il reprit le chemin du village…

Il ne voulait pas la braquer dans un premier temps, mais il se connaissait, quelque chose venait de changer en lui, cet enfant donnait un tout autre sens à sa vie.

Il savait qu'il était capable d'attendre longtemps… Mais si elle ne donnait pas signe de vie, il reviendrait un jour…

2ème partie

« Les vacances »

Chapitre 1

Salon-de-Provence – 14 Juillet 1960
Le Défilé Militaire

Autour d'une table où ma mère avait déposé du chocolat chaud, des croissants et de la confiture, ma sœur et moi regardions un écran de télévision… en noir et blanc, bien sûr. Mes parents l'avaient acheté depuis peu et c'était tout nouveau pour nous.

La télévision, nous pressentions qu'elle allait nous ouvrir de nouvelles perspectives de distractions. Mais celles-ci étaient limitées, car nos parents encore très méfiants, nous racontaient des mensonges. Ils nous disaient que les émissions s'arrêtaient après les informations de vingt heures, heure à laquelle nous devions aller nous coucher. Et nous les croyions.

Jusqu'au soir où n'arrivant pas à m'endormir, je me levai pour aller boire. Le chemin de ma chambre à la cuisine passait devant la salle à manger, alors quelle ne fut pas ma surprise de voir mes parents installés confortablement devant le poste, regardant ce qui semblait être un film.
Ayant peur de me faire gronder pour avoir découvert cette vérité, je repartis très vite dans ma chambre et le lendemain matin ne dis rien. Il me fallut plusieurs jours avant d'en parler à ma mère qui, très gênée devant cette confidence, se mit à rougir.

Quelques années plus tard, une autre confession la mettra encore plus mal à l'aise.

Quand on est petit, on peut tout nous faire croire, et chose extraordinaire aucune rancœur envers ces adultes qui nous ont menti ne nous occupe. Le Père Noël, la petite souris, les cloches de Pâques, rien ne nous étonne et lorsque cette magie disparaît un jour, nous sommes tristes, mais nous devenons tellement plus grands.

Nous étions le 14 juillet 1960, il était dix heures du matin !

Que pouvions nous regarder d'autres sinon les derniers préparatifs du défilé militaire ? Hier, une bonne dizaine de cars de l'Armée de l'Air avaient quitté la base militaire de Salon-de-Provence, emmenant des hommes vers leur première gloire : défiler sur les Champs-Élysées !

Mon père, Roger LEBON était parmi eux, et du haut de mes dix ans, je me rappelle que j'étais très fière.

Depuis ce jour-là, des sentiments profonds m'envahissent à chaque fois que me parviennent les sons rythmés d'une musique militaire, la vue des uniformes renforçant ces sentiments. Je crois que je n'ai jamais raté une diffusion de ce défilé, mon seul regret étant de ne l'avoir jamais vu en réalité.

De plus, l'ORTF était présente, c'était même le premier défilé à bénéficier d'une couverture aérienne. Le spectacle promettait d'être grandiose… Et il le fut !

Je m'en souviens encore :

Un homme très grand, debout dans une voiture, arriva le premier, il descendit et se dirigea entouré de deux autres personnes vers les tribunes. Je le reconnus, Papa avait une photo de lui sur son bureau : c'était le Général de Gaulle, notre président de la République. Une fois installé, le défilé commença par le passage de trois mystères 4 dans le ciel en laissant derrière eux trois pinceaux de fumée tricolore.
Puis il y eut le défilé de nombreuses escadrilles et c'est avec une grande impatience que toute la famille attendit celle de notre père : l'Armée de l'air.

À partir de 1920 pour la cohésion et pour honorer les anciens, l'usage fut d'octroyer à chaque nouvelle escadrille créée, les traditions d'une escadrille de la Grande Guerre. Perpétuer ces traditions, c'était enrichir de ses propres faits d'armes le patrimoine d'une escadrille caractérisée par son nom, son insigne, ses campagnes, son palmarès, ses victoires aériennes, ses as, ses sacrifices, ses décorations, ses citations... etc.
L'histoire de l'Armée de l'air était née ainsi en 1933.

Ils étaient tellement beaux tous ces soldats, bien alignés, marchant au pas sans jamais laisser paraître le moindre signe de fatigue tant ils devaient être heureux d'être sur l'une des plus belles avenues du monde.

Quand enfin, l'Armée de l'air fut annoncée, tous les yeux étaient rivés vers ce petit écran, c'était à celui qui verrait Papa en premier, et au bout de quelques minutes quand il apparut enfin, des cris de joie fusèrent de toute part et je me rappelle avoir eu les mains rouges tant j'avais applaudi. Il était tellement beau, maman qui disait souvent qu'il ressemblait à Gérard Philippe avait aujourd'hui bien raison.

Leurs uniformes, impeccablement repassés, avec leurs boutons dorés, leurs insignes et surtout leurs casquettes blanches surmontées d'un liseron également doré rendaient l'ensemble agréable à regarder.

Et puis cet événement se termina et nous dûmes attendre deux jours avant que Papa ne rentre à la maison. Nous étions avides de l'entendre nous raconter tous les détails de cette journée, tout ce que nous n'avions pas pu voir à travers ce nouvel appareil qui trônait au-dessus du buffet.

Nous habitions dans une résidence réservée aux familles de militaires, tout près de la base de Salon-de-Provence. Mon père était adjudant-chef mécanicien et il était instructeur la plupart du temps. Ce travail lui plaisait, il ne rentrait jamais tard et pouvait ainsi profiter de sa petite famille.

Naturellement, en bas des immeubles, ce défilé était le sujet principal de toutes les conversations que ce soient les adultes ou nous les enfants. C'était à celui qui avait vu le plus de choses ! On s'amusait même à reproduire la marche cadencée des militaires.

Nous attendions également son retour avec impatience pour le couvrir de baisers, mais surtout parce que nous devions partir en Bretagne, à la Turballe près de St Molf, son village natal.

Tous les ans, nos vacances se passaient là-bas, dans une petite maison de village tout près de la plage et du port. Cela nous permettait de revoir notre grand-mère une fois dans l'année. Il fallait une bonne journée de route pour arriver jusqu'à ce petit port breton, c'est pourquoi nous ne pouvions pas la voir plus souvent et il m'arrivait de le regretter de plus en plus en grandissant. J'aurais aimé avoir une relation plus forte avec elle, à une mamie, on doit pouvoir raconter ses petits secrets d'enfant, certains de mes amis le faisaient. Alors j'essayais de profiter au maximum de ces vacances pour me rapprocher d'elle.

Le temps nous parut long. Heureusement, nous avions nos valises à faire… Et ce n'était pas une mince affaire, il ne fallait rien oublier : maillot, serviette, pelle, seau, chapeau, tout cela étant le plus important, la pêche et la baignade nous attendaient…

Il arriva enfin le matin alors que nous étions encore tous endormis et ce sont les yeux ensommeillés que nous lui avions fait fête… Il était heureux de nous retrouver et savait que nous allions lui poser des tas de questions. Alors après le petit-déjeuner, assis près de lui, on l'écouta, sans dire un mot, nous raconter son séjour à Paris.

Chapitre 2

Salon de Provence – 18 juillet 1960 – Confidences

Le jour du départ pour La Turballe, régnait une frénésie palpable dans toutes les pièces de l'appartement.

— Sylvie ! Mélanie ! Vous avez vos valises à finir ! criait Odette, ma mère, du fond de sa cuisine.

— Oui Maman, on va le faire ! disait ma jeune sœur alors que nous étions encore devant la télé.

— Oh encore un peu, notre feuilleton n'est pas terminé, rajoutai-je pas très convaincue d'avoir gain de cause.

— Sylvie, éteins cette télé, tout de suite !

Voilà, je le savais !

Les valises furent chargées dans le coffre de la Dauphine, voiture achetée accidentée et remise en état par notre père, très bricoleur à ses moments perdus.

En plus des voitures qu'il retapait, il aimait construire de ses mains, des meubles, des objets de toutes sortes...

Parfois, ses créations devenaient un peu trop encombrantes :

Il avait essayé de construire un piano... dans leur chambre à coucher ! Je trouvais que Maman avait beaucoup de patience. Mais ce projet n'avait pas abouti, vaincu par trop de technique.

Cela n'en avait pas été de même pour ses autres inventions :

- Un bateau télécommandé, que nous allions essayer en famille sur la Durance. Le bateau était relié à la télécommande par un fil sur lequel il avait placé des bouchons en liège pour que celui-ci flotte sur l'eau.

- Des outils que lui seul savait faire fonctionner. À sa mort, ma mère avait tout donné à son meilleur ami qui malheureusement n'avait jamais pu s'en servir, trop compliqué !!

- Et ce qui me rend fière, même aujourd'hui, la construction d'une caravane pliante. À l'époque, cela n'existait pas dans le commerce, il était donc en avance sur son temps.

Nous avions du mal à rester calmes, assises à l'arrière. Une longue et fatigante route nous attendait et nous savions que nous n'avions plus qu'à prendre notre mal en patience. On avait prévu des livres et du coloriage pour nous occuper, mais la plupart du temps, on essayait de dormir, les heures passant plus vite ainsi.

La petite maison près de la plage et les souvenirs de l'été dernier remplissaient également nos pensées :

Tous les ans, nous la retrouvions avec bonheur, elle était si près de la plage que nous pouvions nous y rendre seules, heureuses de cette petite liberté.

Un jour cependant, deux garçons nous abordèrent et leur attitude un peu agressive nous avait effrayées. À partir de ce jour-là, il nous fut interdit de sortir seules, d'autant plus que des bruits couraient sur eux. Des ragots, des mensonges ou la vérité ? Je ne saurais le dire : ils auraient poussé leur petite sœur dans l'eau en jouant sur la digue et elle se serait noyée…

Mais ce que j'aimais par-dessus tout, c'étaient les jours où mon père nous amenait à la pêche aux crabes et aux écrevisses. Nous partions lorsque la marée était basse, avec notre petit seau, notre épuisette, affublées de bottes et d'un ciré. Il fallait connaître l'heure précise de la marée montante pour ne pas se faire surprendre dans l'estran, cette étendue de terre couverte à marée haute et découverte à marée basse. C'est là que se cachaient de véritables trésors d'espèces marines que nous découvrions avec des cris de joie. Mon père était heureux de partager sa passion de la pêche à pied avec ses petits « bassiers »[4], des moments rares et inoubliables.

Je me rappelle de ce jour où nous étions toutes les trois, ma mère, ma sœur et moi sur la plage en train d'attendre notre père…
Il était parti seul à la recherche d'une araignée de mer, ce crabe géant qui m'impressionnait toujours.

Maman paraissait inquiète, la nuit commençait à tomber. Et puis, soudain, on l'avait vu revenir, un grand sourire aux lèvres.

Qu'il avait l'air heureux, torse nu, brandissant dans son tricot de peau, un nombre important de ces araignées… Il y en avait sept ! Maman qui comptait lui faire une scène fondit devant ce spectacle. Il n'avait pas vu passer l'heure évidemment ! Résultat : nous en avions mangé pendant plusieurs jours, et pour l'une d'entre elles, il nous avait demandé de ne pas

---

[4] Bassier : nom donné aux amateurs de pêche à pied.

trop l'abîmer en la mangeant afin de la reconstruire entièrement, un véritable puzzle fait de morceaux de coquilles.

Nous ramassions également de jolis coquillages que nous nous empressions dès notre arrivée, d'aligner de façon géométrique dans le jardin. C'était notre petit coin secret.

Nous passions de merveilleuses vacances dans ce petit port de pêche, déjà touristique à l'époque.

Seule ombre au tableau, une angoisse me perturbait dans cette maison, un phénomène étrange qui se passait en moi toutes les nuits : la chambre dans laquelle je dormais avec ma sœur n'avait pas de fenêtre et quand ma mère éteignait la lumière, c'était le noir complet. Seule la petite lueur qu'un poêle à mazout projetait était visible dans un coin de la chambre. Il m'arrivait souvent de me réveiller la nuit et de penser que j'étais devenue aveugle. Ce sentiment angoissant augmentait en intensité tant que je ne retrouvais pas cette petite lueur. Parfois, j'avais l'impression que cela durait une éternité. Étrangement, il m'arrive encore aujourd'hui, même adulte, de ressentir à nouveau cette peur.

Cela me gâchait un peu mes vacances, mais je ne voulais surtout pas le dire, même à ma jeune sœur qui pourtant était très proche de moi. Je ne voulais pas passer pour une poltronne.
Personne ne l'avait jamais su.

Je profitais toujours de ces vacances pour lire ou pour poser à mes parents des questions sur leur vie. Depuis toute petite, j'avais toujours été curieuse de connaître la vie des membres de ma famille. J'aimais entendre ma mère me raconter pour la énième fois comment elle avait connu mon père : par l'intermédiaire du « chasseur français », le site de rencontres de l'époque ! Roger, militaire, était en Indochine, en pleine guerre, et Odette venait de perdre sa mère de façon tragique. Tous les deux avaient besoin de se confier à quelqu'un. Ils s'étaient écrits pendant plusieurs mois et un jour de permission avaient pu se rencontrer. Au retour d'Indochine, mon père demanda la main de ma mère et ils s'étaient mariés rapidement, en toute simplicité, Maman en noir, car toujours en deuil de sa mère.
C'était romantique ! Et nous étions le fruit de cet amour !

De nos grands-parents, nous n'avions connu que notre grand-père maternel et notre grand-mère paternelle.

Denise, notre grand-mère maternelle était morte à l'âge de 45 ans dans des conditions dramatiques qui avaient beaucoup marqué ma mère. Celle-ci accepta un jour de me raconter ce qui s'était passé…

Robert, mon grand-père, gendarme, voulut se retirer dans son village natal dans les Ardennes lorsqu'il fut à la retraite et décida d'ouvrir un bar.

Denise sa femme, qui préférait la ville ne put s'y faire. Elle commença à déprimer, pleurant sans aucune raison.

Le docteur disait souvent à mon père de la surveiller. Mais une nuit, alors que tout le monde dormait, elle se leva sans faire de bruit, en chemise de nuit, pieds nus et se dirigea vers le cimetière qui se trouvait à un kilomètre de la maison, en haut du village.

Sur le chemin du retour, elle se trompa de chemin et se dirigea vers la rivière, attirée sans doute par les reflets de l'eau. Elle s'y noya.

Le lendemain matin mon grand-père, à son réveil, ne trouvant pas sa femme dans la maison, alerta son ancien patron craignant le pire. Des chiens policiers furent mis à son service et pendant trois jours tout le secteur autour de la maison et du village fut fouillé, en vain. Il fallut attendre le huitième jour pour découvrir son corps inerte qui avait dérivé et se trouvait à plus de 10 km du village. Ce fut un choc pour tous les villageois et un grand traumatisme pour la famille d'autant plus que l'on parla tout de suite de suicide. Aujourd'hui encore ma mère y pense et c'est toujours aussi douloureux.

Ce sont les chiens policiers qui permirent de déterminer tout le trajet qu'elle avait parcouru et la thèse du suicide fut écartée laissant place à celle de l'accident.

Ce fut ma mère qui s'occupa alors du bar, de sa petite sœur, de la maison, pour cela, elle dut arrêter son apprentissage de coiffeuse.

Mon grand-père maternel se remaria et je ne pus jamais lui demander sa version. Il m'intimidait.

Du côté paternel, mon grand-père étant décédé, il ne nous restait plus que ma grand-mère que j'étais contente de revoir chaque année à cette période de l'année. C'était une toute petite bonne femme bretonne, très ridée et usée par la vie difficile qu'elle avait menée. Femme de ménage dès son plus jeune âge, elle n'avait jamais connu de repos.

Elle habitait toujours son village natal, St Molf, d'où elle n'était jamais partie, s'accrochant sans doute à tous ses souvenirs. Mes parents lui avaient proposé de venir s'installer dans le midi avec nous, mais à l'époque, elle avait refusé.

Toujours curieuse de connaître le passé, J'avais envie qu'elle me parle de l'enfance de Roger son fils, mais apparemment, elle n'avait pas beaucoup d'anecdotes à me raconter et elle changeait vite de sujet... Ma mère m'en expliqua un jour les raisons : c'étaient les grands-parents Tastevin qui avaient élevé mon père jusqu'à l'âge de trois ans.

Pourquoi ? Je ne le sus que bien des années plus tard... Une révélation qui me troubla et perturba ma vie de femme.

Chapitre 3

Salon-de-Provence – 14 juillet 1961 – La Turballe

L'année suivante, nous partîmes en fin de soirée pour la Turballe.

Il y avait quelqu'un de plus dans la voiture : mon petit frère Romuald qui avait à peine trois mois. Papa avait installé un hamac qui se balançait au-dessus de nos têtes et le voyage fut plus long que d'habitude, il fallait s'arrêter souvent pour donner à manger au bébé et surtout le changer, car pas très agréable, quand l'urine de Romuald commença à passer à travers ses couches et nous dégoulina dessus. Heureusement, le sommeil nous envahissait pendant de longs moments.

On avait rajouté également dans mes valises : un violon, des partitions…

Mes parents avaient décidé de m'inscrire dans une école de musique. J'aurais aimé apprendre le piano, mais la maison étant trop petite pour recevoir un tel instrument, ce fut donc le violon. J'étais fière le jour où je ramenai cet objet dans ma chambre, je mis plusieurs heures avant de me décider où serait sa place parmi mes poupées, mes livres et tous mes petits trésors. Comme je partageais la chambre avec ma sœur ce n'était pas simple. Je décidai de le mettre sous le lit… à portée de main.

Apprendre le solfège me plaisait bien, mais tous les jours sortir mon violon pour faire des gammes m'amusait au début, mais devint vite une corvée. En fait, je m'entraînais quand je savais qu'il y avait un examen ou un concours. Mon professeur disait à mes parents que j'étais douée, et que c'était dommage de ne pas travailler plus. J'avoue que ces compliments faisaient effet sur moi pendant quelque temps, puis il fallait recommencer à me supplier pour sortir mon violon de dessous le lit ! Aujourd'hui, je regrette un peu, et l'envie de m'y remettre me titille souvent.

Mon attitude était ingrate, à l'époque les cours de solfège revenaient très chers à mes parents, et mon père après sa journée de travail devait m'amener deux fois par semaine à l'école de musique qui n'était pas tout près.

Mon père, lui, était musicien autodidacte.

De faire de la musique me rapprocha de lui. Il savait jouer de l'accordéon et de la mandoline et m'accompagnait parfois pour me motiver davantage. J'aimais bien ces moments intimes entre lui et moi. Je crois que lui aussi les appréciait, sa passion, il aimait la partager. Ma sœur et mon frère n'ont jamais eu cette chance, car à cause de mon manque de sérieux, mes parents n'avaient plus envie de renouveler l'expérience.

Ce fut un tort de penser que tout cela avait été inutile, car même si mon apprentissage du solfège et du violon se bornèrent à deux années d'études, cela me donna envie de m'acheter une guitare à l'âge de seize ans et de pouvoir monter un groupe sans trop de problèmes. Le peu que j'avais appris avait été suffisant.

Ayant roulé toute la nuit, nous arrivâmes en fin de matinée. Il nous tardait de nous dégourdir les jambes. Pendant que Maman s'occupait de tout ranger, nous partîmes avec Papa en direction du port pour acheter du poisson frais aux pêcheurs revenus de la pêche tôt le matin. Pourvu qu'il y ait encore des crabes et des araignées !

Ces bateaux remplis de poissons vivants m'impressionnaient toujours. L'odeur qui s'en dégageait était parfois très forte, mais je ne me lassais jamais de regarder les pêcheurs enlever les poissons pris dans les mailles du filet. Ils se débattaient encore, espérant peut-être pouvoir retourner dans leur élément vital, la mer.

Dans une semaine, on viendrait voir ces bateaux sortir en mer pour déposer une gerbe et se rendre à Ste Anne d'Auray pour participer au grand pèlerinage annuel, un hommage à tous ces pêcheurs disparus en mer.

C'est le premier lieu de pèlerinage en Bretagne et il attire chaque année des dizaines de milliers de pèlerins venus de tous les coins de Bretagne, de France, et même de l'étranger.

Sainte-Anne, mère de Marie la sainte Vierge, aïeule de Jésus le rédempteur, est considérée comme la sainte patronne des Bretons, d'où ce dicton : « Mort ou vivant, à Sainte-Anne une fois doit aller tout Breton ».

À notre retour, le sac plein de poissons bien frais, nous eûmes l'agréable surprise de trouver des crêpes sur la table. Ce fut un régal comme le repas du soir que maman avait délicieusement préparé avec les poissons achetés.

Le lendemain et les jours suivants furent une succession de moments passés tous ensemble : balade sur la plage, le long du port, pêche aux crabes et aux coquillages, et cette année, nous eûmes droit à la visite des différents moulins bretons qui se trouvaient nombreux autour de la Turballe : ceux qui servaient à moudre les grains de blé, les moulins à teiller le lin, les moulins à tan pour broyer les écorces des arbres et enfin les moulins à papier dans lesquels on broyait les chiffons.

Nous rendions également visite à notre grand-mère de temps en temps dans sa maison de Saint Molf. J'aimais bien cette maison, car il y avait un joli jardin avec au fond un vieil abri dans lequel je n'osais pas rentrer. Nous faisions de longues promenades à travers ce petit village.

En rentrant, j'avais été contente de raconter tout ce que j'avais vu à mes amis et avait hâte d'être de nouveau en vacances pour découvrir d'autres monuments bretons. J'étais fière de mes origines.

Chapitre 4

Soubise – 14 juillet 1964 – Les lettres

J'étais triste, demain, nous partions en vacances pour St Molf chez grand-mère Marie, mais c'était la première fois que je n'attendais pas ce moment-là avec impatience.

Malgré trois années sans partir en vacances, le fait de ne pas nous rendre comme d'habitude à la Turballe me perturbait.

En effet, mon père muté à Rochefort avait pris l'initiative, sans le dire à ma mère, de nous acheter une petite maison dans un village voisin nommé Soubise. Cela avait mis ma mère dans une telle colère qu'elle lui avait demandé de vendre la maison de la Turballe pour ne pas trop s'endetter. Ce qu'il avait fait, mais à contrecœur. Cela n'avait pas suffi, alors nos parents n'avaient plus eu les moyens pour partir en Bretagne, trop de travaux devant être faits sur cette nouvelle maison.

Et puis j'avais atteint l'âge où l'on préfère passer plus de temps avec ses amis qu'avec ses parents... J'avais quatorze ans !

Pourtant, ce que j'allais découvrir pendant ces vacances-là, compensa largement mon amertume…

Nous arrivâmes en fin de matinée, papa ayant roulé toute la nuit comme les autres fois, pendant que nous dormions entassés à l'arrière.

Grand-mère était sur son trente et un, radieuse. Elle nous attendait avec impatience, sur le perron de sa petite maison aux volets bleus, entourée d'un jardin composé principalement d'un potager. Bien entendu, il manquait la mer à proximité, mais papa nous avait promis de nous y amener souvent.

Le temps lui avait paru long, même si on lui donnait souvent de nos nouvelles. Papa aimait bien faire des photos alors elle n'en manquait pas et nous avait vu grandir à travers elles. Maintenant que les travaux étaient finis et que Papa avait prévu un petit appartement indépendant, mes parents avaient pris la décision de demander à grand-mère de venir habiter avec nous, mais il fallait devoir la convaincre. Son pays natal était tout pour elle et à son âge, il était compréhensible que partir n'était pas facile à envisager.

Nous avions ma sœur et moi une petite chambre qui donnait sur l'arrière de la maison avec vue sur l'abri de jardin qui m'avait toujours intriguée. Elle nous plaisait bien même si elle n'était composée que d'un grand lit et une armoire. Nous n'avions pas de toute façon l'envie d'y passer nos journées.

Une fois installées, je décidai seule de prendre mon courage à deux mains et d'aller faire un tour dans cet abri, pensant trouver les outils indispensables pour planter les graines que mes parents m'avaient achetées. Devant ma tristesse de ne plus pouvoir aller à la mer tous les jours, mes parents avaient cédé à ma demande :

— Maman cette année, je vais m'ennuyer, j'aimerais bien que tu nous achètes des graines pour que nous fassions un petit potager.

— Je ne sais pas, il faut que je demande à ton père si cela est possible dans le jardin de Grand-mère Marie.

— Oh oui, demande lui vite, s'il te plaît.

— Attends qu'il rentre de la base.

— D'accord maman, pourvu qu'il dise oui !

Il avait dit oui…

Je n'eus pas beaucoup de mal à ouvrir la porte, usée par le temps et une odeur de renfermé me monta aux narines.

Il me fallut un certain temps pour que mes yeux s'habituent à l'obscurité de l'endroit et pour que j'aperçoive tout au fond une malle en osier, cachée sous un monticule de couvertures, pleines de poussière. C'était la période de ma vie où je lisais « Le club des cinq », racontant les aventures de cinq jeunes. Il y avait dans ces histoires, des malles, des coffres, des secrets de famille qui débouchaient toujours sur une énigme à résoudre et qui me tenaient en haleine de nombreuses soirées.

Je décidai de ne rien dire et de revenir le lendemain matin avec une paire de ciseaux pour couper la corde qui tenait lieu de cadenas. J'étais très excitée, en fin de compte les vacances commençaient plutôt bien.

Cette nuit là, j'eus beaucoup de mal à m'endormir et mes rêves furent bien mouvementés. Je me réveillai très tôt, ainsi que ma sœur, énervée d'avoir subi toute la nuit durant, mes nombreux changements de position.

— Qu'est-ce qui t'arrive ? Tu ne restes pas en place depuis que l'on est ici, me dit-elle en se dirigeant vers la douche.
— Rien, je ne sais pas, c'est peut-être le voyage ! Lui répondis-je, le dos tourné pour qu'elle ne me voie pas rougir.

Je ne lui avais jamais menti, mais là, je ne pouvais pas encore lui dire, je voulais d'abord savoir ce que j'allais trouver dans cette malle. J'avais peur de paraître ridicule si tout était dans mon imagination.

J'avalai vite mon petit-déjeuner et m'éclipsai au fond du jardin.

Je retrouvai rapidement la malle, la tirai de dessous les couvertures, elle n'était pas trop lourde. J'avais l'impression que mon cœur allait s'arrêter de battre. Un coup de ciseaux et la corde se retrouva très vite par terre. Je soulevai précautionneusement le couvercle et vit apparaître enfin son contenu : des lettres, des documents… La malle en était remplie… « Il va me falloir toutes les vacances pour explorer tout cela, mais je n'ai rien d'autre à faire donc cela m'occupera ! » me dis-je un peu déçue malgré tout par ma découverte. J'aurais préféré trouver le plan d'un trésor caché !!!

Je décidai de remettre en place la malle en la refermant et en la cachant avec les couvertures, mais pas sans avoir pris avant une liasse de lettres que je comptais montrer à ma sœur. Nous pourrions nous partager la lecture.

Je la trouvai en train de s'habiller, et lui mis sous le nez la liasse de papier.

Devant son air étonné, je ne pus que m'expliquer :

— J'ai trouvé ces lettres dans une malle qui est cachée au fond du jardin. Il y en a plein d'autres.

— Tu crois que tu as le droit de les prendre ? me demanda alors ma sœur.

— Je ne sais pas, lui répondis-je alors un peu honteuse. C'est vrai, je n'avais pas trop réfléchi en les prenant, trop impatiente de découvrir ce qu'elles contenaient, espérant quelque chose de mystérieux.

— Tu devrais demander à Maman.

— Non, pas de suite, elle risque de nous les reprendre. Cela doit rester notre secret. Promis ?

— Euh… Bon d'accord, mais on lui dit après les avoir lues ? insista-t-elle.

— On verra ce qu'elles contiennent et on décidera alors, dis-je d'une voix tellement décidée que ma sœur ne répondit pas.

Sur ces bonnes résolutions, nous partîmes nous promener dans la campagne, emportant avec nous notre « trésor », nous serions ainsi plus tranquilles pour les lire.

C'étaient des lettres d'amour, échangées entre Marie, notre grand-mère et un certain Jean…

La curiosité étant plus forte que le mal-être qui nous envahissait à chaque page de lecture, nous avions rapidement lu tout le contenu de cette liasse de lettres. Nous venions de rentrer dans la vie intime de Grand-mère Marie et sans nous l'avouer, je pense que nous étions toutes les deux étonnées, intriguées par ce que nous venions d'apprendre.

Elle avait été très jeune la maîtresse d'un garçon du village, Jean, qui un jour l'avait quittée sans plus d'explication, apparemment pour « voir du pays »…

Nous étions trop jeunes pour tout saisir, mais on avait compris que les mœurs de l'époque avaient sans doute condamné une telle attitude, c'est pourquoi elle avait dû se cacher avec lui pour « batifoler ».

Je l'enviais d'avoir eu le courage de prendre tous ces risques pour assouvir sa passion, car entre les lignes, on le sentait bien : ils étaient très amoureux.

La dernière lettre lue était d'une certaine Sandrine qui révélait un départ inattendu de Jean laissant Marie dans une détresse profonde. Mais pourquoi était-il parti ? Comment avait-elle réagi par la suite ?

Je devais essayer de trouver d'autres lettres dans la malle…

Ma sœur accepta de rester ma complice et me promit de ne rien dire à maman. Maintenant que l'on avait commencé, on ne pouvait pas s'arrêter là sans savoir.

Le reste de la journée se passa à faire du « farniente » dans le jardin, mais toutes mes pensées revenaient sans cesse à ma grand-mère. C'était, en fin de compte, romantique à souhait…

Je n'avais que quatorze ans, mais mon cœur avait déjà battu pour un jeune garçon de ma classe et ces sentiments nouveaux étaient bien agréables. Lorsqu'il posait ses yeux sur moi, je devenais tout de suite rouge comme une écrevisse.

J'étais tellement troublée par ce que je venais de découvrir, que je ne regardais plus ma grand-mère de la même façon : elle m'inspirait un peu plus de respect, mais aussi de la curiosité : ce tout petit bout de femme avait eu une vie sentimentale mouvementée apparemment…

Le lendemain matin, n'y tenant plus, j'étais debout à l'aurore et sans bruit, je sortis de la chambre, ma sœur dormant encore profondément. Je comptais la réveiller dès mon retour pour partager avec elle la lecture de nouvelles lettres. Qu'allaient-elles nous apprendre ?

La malle était toujours là, elle semblait m'attendre pour me livrer tous ses secrets, et je frémis d'impatience…

Je pris au hasard une nouvelle liasse de lettres, enrobée dans un ruban en soie. Je la cachai sous ma veste et repris le chemin de ma chambre, tremblant à l'idée que quelqu'un me surprenne. Mais le silence de la nuit était encore là, le soleil n'était pas levé ? Etonnée, je réalisai qu'il devait être très tôt.

Une fois dans mon lit, je poussai du coude ma sœur, qui se retourna ignorant mon geste. Je décidai de commencer à lire sans elle, tant pis, je lui raconterai.

Je parcourus alors fébrilement les premiers papiers, déçue que ce ne soient que des bulletins de salaire et autres documents administratifs. Prête à ne pas continuer, je tombai enfin sur une nouvelle lettre et compris vite que c'était encore une lettre de Sandrine, sans doute sa meilleure amie, qui semblait répondre à des lettres désespérées de grand-mère, après le départ de son amoureux Jean.

« Ma Chère Marie,
Ta dernière lettre m'inquiète, tu me dis que tu ne manges plus, que les nuits sont de longues heures de lutte pour trouver le sommeil.
Jean est parti, il faut que tu tournes la page et que tu donnes un autre sens à ta vie.
Va voir un docteur, surtout que tu me dis également que tu ne te sens pas bien, cela m'inquiète vraiment. Tu as besoin d'une aide.
Je sais que tu ne peux pas en parler à tes parents, ils n'étaient pas au courant de ta relation avec Jean…
Je reviens de vacances la semaine prochaine, je viendrai te voir après le travail et nous irons en bicyclette au village pour nous amuser. La vie continue et tu es si jolie que je suis sûre que tu retrouveras le bonheur dans les bras d'un autre garçon rapidement.
Je t'embrasse
À bientôt
Ton amie Sandrine »

Cette lettre avait dû glisser par erreur au milieu des documents, car je n'en trouvai pas d'autres. Je rassemblai vite tous ces papiers pour les remettre à leur place, avant que tout le monde ne s'éveille. L'aube était là, qui attendait sagement que le soleil se lève, il n'y avait aucun bruit… Je remis le tout précautionneusement dans le coffre et le refermai avec un certain regret… Il me tardait d'être ce soir pour venir y fouiller de nouveau. J'étais sûre qu'il y avait plein de choses encore à apprendre.

Toujours dans mes pensées, une douleur vive survint au bas de mon ventre à droite, si forte que je regagnai ma chambre pliée en deux. Je réveillai ma sœur qui partit chercher Maman de suite.

Pronostic du docteur : appendicite !!! Ce fut le branle-bas, tout le monde s'affairait autour de moi, on rentrait à Salon : il fallait m'opérer…

À mon retour de clinique, grand-mère était là, mes parents avaient tenu leur promesse, celle de la ramener avec nous, pour qu'elle ne soit plus seule. Cela avait été difficile pour elle, mais elle était consciente qu'elle prenait de l'âge et qu'elle ne pouvait plus rester toute seule dans sa maison.

J'étais d'un côté très heureuse de l'avoir enfin tous les jours à mes côtés, mais cela impliquait que je ne pourrais pas de sitôt retourner dans le coffre pour connaître la suite de ses aventures amoureuses, car tous ses meubles avaient été mis en garde-meuble…

Ou alors était ce une chance, je pourrais peut-être lui demander de me raconter son histoire.

J'allais vite déchanter...

Chapitre 5

Soubise – 1er juillet 1966 – La rupture

Pendant les deux années où elle vécut près de nous, il y eut trop de disputes et mésententes entre elle et ma mère. Incompréhension, jalousie étaient à l'origine d'une rupture qui devint inévitable.

Grand-mère Marie ne cessa de critiquer ma mère, mais celle-ci essayait d'éviter le conflit et pardonnait souvent.

Cependant, le jour où elle apprit qu'elle avait raconté à tous les commerçants que sa belle-fille avait un amant qu'elle voyait tous les jeudis, la coupe fut pleine. Je crois qu'elle l'aurait étranglée si mon père ne s'était pas interposé entre les deux femmes. C'est à ce moment-là qu'il prit la décision de la ramener dans son village natal.

Un beau matin, il partit seul à St Molf. Quand il revint, deux jours après, dans une ambiance très tendue, il aida ma grand-mère à faire ses valises et nous annonça que le lendemain, il ramenait sa maman dans son pays natal et qu'il fallait que nous lui disions au revoir. Ce que nous fîmes tristement, même si notre père avait rajouté que nous retournerions comme avant pendant les vacances pour la voir à St Molf.

Il lui avait trouvé un petit appartement en plein milieu du village et l'avait aménagé avec ses anciens meubles. Elle fut très heureuse de retrouver son pays natal et les gens qu'elle connaissait. Enfin de compte tout le monde était content.

Sauf nous : mis à part ses relations difficiles avec maman, nous, nous en avions bien profité, elle nous avait appris à tricoter, à broder, nous avait raconté son enfance, des morceaux de sa vie... Mais malheureusement jamais la période qui m'intéressait. Elle évitait toujours de répondre aux questions relatives aux hommes qu'elle aurait connus, même concernant la période de son mariage. J'avais le sentiment qu'elle ne voulait rien dire de sa vie sentimentale, donc j'avais respecté son désir en ne lui posant plus de questions sur ce sujet. Avec regret bien entendu, curieuse comme j'étais !

Cependant, un autre incident me fait encore sourire aujourd'hui :

Mon frère avait eu en cadeau un arc avec des flèches en caoutchouc. Ma Grand-mère jouant avec lui, n'avait pas trouvé mieux que de lui dire de tirer sur elle. Résultat la flèche se retrouva plantée sur son front ! Elle en eut la marque pendant plusieurs jours et reprocha à ma mère d'acheter des jouets débiles.

Le seul point positif de ce départ était que j'allais enfin pouvoir retourner à St Molf pour fouiller dans la malle, à condition que celle-ci fasse encore partie de ses meubles.

Chapitre 6

St Molf – 13 juillet 1967 – La malle

Enfin nous retournions à St Molf. Je venais d'avoir dix-sept ans.

Le voyage fut silencieux, car une tension régnait toujours entre mes parents, même si mon père pensait avoir pris la bonne décision pour notre petite famille, il culpabilisait un peu vis-à-vis de sa mère.

Quand nous arrivâmes, nous découvrîmes une grand-mère plus apaisée, contente apparemment de nous revoir. Même ma mère eut droit à sa bise chaleureuse, j'osais espérer que tout allait rentrer désormais dans l'ordre. Mais il y avait des souffrances qui ne s'oubliaient pas et les rapports entre ma mère et sa belle-mère étaient devenus plus distants. Seul mon père paraissait plus serein depuis qu'il avait revu sa mère.

Cela ne m'empêcha pas de vérifier que la malle contenant « mon trésor » était encore là. Je mis longtemps avant de la découvrir, car elle se trouvait dans la cave de l'immeuble. J'avais prétexté une envie de faire du vélo, me rappelant que Grand-mère en possédait un et je pus descendre dans la cave sans problème. Elle ne pouvait être que là.

En effet, la malle pleine de poussière, semblait m'attendre et mon cœur se remit à palpiter comme il y avait quelques années. J'avais un peu oublié cette envie de découvrir la suite des aventures amoureuses de Grand-mère. J'allais avoir tout mon temps pour continuer à lire les lettres.

Quand mon père me vit revenir les joues rougies par l'excitation, il me regarda avec étonnement. Je réussis à m'éclipser rapidement et partis faire un petit tour avec ma sœur dans le village. Nous avions l'âge d'être attirées par les garçons. Mais au bout d'une heure notre opinion était faite, notre prince charmant ne devait pas être là, les rues étaient calmes, nous n'avions croisé que quelques familles entourées de leurs bambins. Aucun jeune à l'horizon !!

En fin d'après-midi, je redescendis discrètement à la cave, ouvris la malle et pris une liasse de lettres tout au fond, celles que j'avais déjà lues étaient toujours à leur place, à droite sur un carton.

Je décidai de ne pas les lire de suite, mais plus tard quand tout le monde dormirait. En attendant, je les cachai dans mon sac. L'appartement de Grand-mère n'étant pas assez grand pour tous nous accueillir, une voisine avait eu la gentillesse de nous louer deux chambres situées sous les toits, une pour mes parents et mon petit frère, l'autre pour ma sœur et moi. Parfait pour lire tranquillement avec elle ces nouvelles lettres.

Enfin le soir venu, après un repas où l'ambiance avait été plutôt détendue, nous partîmes tous nous coucher. Nos parents devaient sans doute s'étonner que nous ne demandions pas à sortir, mais ils avaient dû mettre cela sur le compte de la fatigue du voyage et la fête du 14 juillet n'était que le lendemain.

La première lettre que nous ouvrîmes était une lettre de Jean avant leur dispute : lettre d'amour toute simple, pleine de bonheur et d'insouciance. Leur relation avait l'air d'être sérieuse, ils s'aimaient, ils faisaient des projets, alors que s'était-il passé ensuite ?

Pendant une heure, nous lûmes d'autres lettres toutes identiques dans leur contenu, des lettres enflammées de Jean.

Ma sœur s'endormit très vite, mais moi, j'avais encore envie de continuer et bien m'en prit, car je tombai sur une lettre de Jean au lendemain de la rupture. Son contenu fut très explicite.

« Marie,

J'imagine combien doit être ta peine ce soir, moi-même, je ne suis pas très bien, mais ma décision est prise et je ne t'écris pas pour te dire que je change d'avis. Je le fais uniquement pour apaiser un peu ton chagrin, si je le peux, en te disant que les moments passés ensemble au cours de ces deux dernières années ont été une expérience formidable pour moi et je ne les oublierai jamais.

Tu n'as rien à te reprocher, tout vient de moi. Nous nous sommes rencontrés trop jeunes et je ressens trop le besoin de connaître la vie sans toi, une autre vie remplie de fêtes entre copains, d'aventures sans lendemain.

Le travail que l'on m'a proposé va me permettre de réaliser ce désir. Ne m'en veux pas trop, fais comme moi, profite de la vie, de ta jeunesse et j'en suis certain, tu trouveras un jour un garçon qui acceptera de rester toute sa vie auprès de toi.

Je te souhaite tous les bonheurs du monde, mais sans moi.

Je t'embrasse tendrement

Jean »

J'étais triste, je pensais à ma grand-mère, à ce qu'elle avait pu ressentir face à cet abandon. Je n'avais plus trop envie d'en savoir plus pour l'instant. Je rangeai donc soigneusement la liasse de lettres comptant les remettre le lendemain matin dans la malle.

J'eus du mal à m'endormir, réalisant que j'avais fait intrusion dans la vie personnelle de ma grand-mère, et que c'était sûrement mal. Mais connaître le passé peut parfois nous aider à comprendre le présent, et notamment, pourquoi ma grand-mère était parfois si méchante. Ses souffrances d'adolescente en étaient-elles la cause, ou y avait-il eu encore d'autres déceptions dans sa vie. Il y avait peut-être d'autres secrets bien cachés dans les placards. Je décidai donc de continuer ma quête dès le lendemain. Tant pis si je me brûlais les ailes…

Le sommeil fut long à venir, et ma nuit fut peuplée de cauchemars, notamment celui, récurrent, qui m'habitait très souvent : mes parents m'oubliaient sur le bord de la route, alors que l'on s'était arrêté pour un arrêt-pipi général… Cette situation, j'avais du sûrement la vivre en réalité, elle était restée dans mon subconscient et revenait sans cesse surtout quand j'étais fatiguée ou perturbée par quelque chose. C'était angoissant d'entendre ma mère dire « tout le monde est là, on peut y aller » et de voir partir la voiture, moi étant trop loin pour qu'ils puissent m'entendre. Je pense que dans la réalité ma mère avait dit cette phrase, mais qu'ils s'étaient aperçus de mon absence de suite. Je ne devais pas être très loin puisque j'avais entendu ces paroles…

Chapitre 7

St Molf – 14 juillet 1967 – Révélations

La fête nationale qui commémorait la prise de la Bastille en 1789, avait pour moi une saveur différente, elle avait été le théâtre de beaucoup d'événements dans ma vie. Celle de 1967 fut particulièrement importante.

En effet, durant le bal, il y avait bien des jeunes, mais soit ils étaient déjà en couple, soit ils avaient bien entamé la soirée en alcool, et comme je m'ennuyais un peu avec ma sœur, nous décidâmes de rentrer plus tôt que prévu.

En rentrant, des éclats de voix venant de la cuisine nous parvinrent et nous restâmes dans l'entrée ne sachant que faire. Nous avions l'impression que la conversation était sérieuse, pleine de tensions. Nous comprîmes vite que l'on parlait d'héritage.

Nous étions spectateurs sans l'avoir demandé, d'un règlement de compte entre deux familles, nous et les cousins LEBON de St Molf et ce que nous apprîmes ce soir-là fut un choc émotionnel important.

Nous venions de comprendre à travers cette discussion que notre grand-mère était tombée enceinte jeune fille et qu'elle avait épousé Mr LEBON bien plus tard. Il n'était donc pas notre vrai grand-père. La cause de la dispute étant que nous n'avions pas le droit d'hériter d'un cousin éloigné de cette famille.

Cette révélation fut un réel choc pour moi et ne voulant pas en entendre plus je me bouchai les oreilles... Je réalisai que le nom que je portais n'était en fait qu'un nom d'adoption. La famille LEBON n'avait aucun lien de sang avec mon père, donc avec nous également.

Je montai, suivie de près par ma sœur à l'étage pour m'enfermer dans la chambre et là, je ne pus retenir mes larmes. Je n'arrivais pas à me contrôler, je me sentais trahie par nos parents.

— Arrête de pleurer, ce n'est pas si grave, me dit ma sœur essayant de me consoler. Et puis il vaut mieux que Grand-mère se soit mariée à ce Monsieur LEBON, sinon on s'appellerait aujourd'hui TASTEVIN, tu te rends compte ?

En d'autres circonstances, j'en aurai ri. Mais là pas question.

Après avoir beaucoup discuté, nous avions décidé de demander à nos parents de tout nous expliquer. Nous étions de toute façon en âge de comprendre.

Avant de m'endormir, je pensai aux lettres que j'avais lues et leur contenu… L'histoire de Jean et Marie, leur rupture, la détresse de Marie… Était-ce lui notre grand-père ? Il fallait que je sache, j'avais découvert trop de choses. Mais je ne comptais pas le dévoiler. C'était notre secret à nous, les adultes en avaient bien eu pour nous.

Et puis je voulais continuer à les lire…

Le lendemain matin, je me levai la première, me lavai du mieux que je pouvais, dans la chambre vétuste, il n'y avait pas de douche, mais juste une bassine d'eau froide pour faire sa toilette. On s'en contentait depuis notre arrivée. Mes yeux étaient gonflés tant j'avais pleuré et ma mère s'en aperçut de suite quand je pénétrai dans la cuisine.

Elle était assise devant son bol de café, les yeux tirés par une nuit qui avait dû être aussi agitée que la mienne.

— Ça ne va pas Sylvie ?

— Non pas trop, j'ai très mal dormi.

— Nous ne vous avons pas entendu rentrer, quand on s'est couché, vous étiez déjà endormies. La soirée s'est bien passée ?

— On s'ennuyait alors on est rentrées plus tôt.

— Ah, répondit maman un peu gênée.

— Oui, et sans le vouloir, nous avons entendu votre conversation d'hier soir. Maman, j'ai besoin que tu me dises la vérité.

— Quelle vérité ?

— Qui est notre vrai grand-père ?

— Je ne sais pas, c'est un sujet que je n'ai jamais voulu aborder avec ton père. Je crois qu'il ne le sait pas lui-même.

— Mais comment est ce possible ?

— Ta grand-mère est toujours restée évasive sur ce sujet, elle parle toujours d'un garçon du village.

Jean, pensai-je de suite.

— Mais la famille doit bien savoir quelque chose ?

— En fait, la version de ses sœurs est différente : elles parlent d'un musicien de passage au village, un soir de fête. Tu vois, tout n'a été que supposition jusqu'à présent, c'est pourquoi ton père considère que celui qui l'a élevé est son véritable père. Il n'a jamais voulu en savoir plus.

— Maman, tu veux bien me raconter en détail tout ce que tu sais de la vie de Grand-mère.

— Tu crois que cela te servira à quelque chose ?

— Oui, s'il te plaît, on est en droit de savoir tout sur nos origines.

— Bon ok, mais pas maintenant ton père va bientôt descendre et je ne veux pas le contrarier.

— Cet après-midi, on peut aller se promener et tu me diras tout,

— D'accord, allez, viens prendre ton petit-déjeuner et ensuite, tu iras me faire des courses.

Maman me faisait comprendre ainsi que pour l'instant, le sujet était clos.

La matinée me parut longue, mais j'étais calme et surtout impatiente de savoir…

Assises sur un banc, à l'ombre d'un chêne sûrement centenaire, tant son tronc était énorme, maman installée entre ma sœur et moi s'éclaircit la voix et commença son récit :

« Grand-mère Marie fréquenta quand elle était très jeune, un garçon du village qui travaillait dans la même usine qu'elle. Ils devinrent amants très vite en cachette de ses parents.

Un jour, il y eut une rupture, ce garçon partit travailler dans un autre village. Deux mois après, elle annonçait à ses parents qu'elle était enceinte, mais sans vouloir donner le nom du père. Ce fut un choc terrible pour eux, en 1920, c'était une véritable honte pour la famille. Ils décidèrent de faire croire qu'elle quittait le village pour aller travailler à la ville et l'obligèrent à se cacher pendant toute sa grossesse dans une chambre mansardée. Elle dut obéir de peur d'être mise dehors par ses parents et lorsqu'elle accoucha d'un petit garçon (votre père) elle était très affaiblie moralement. Elle resta alitée plus d'un mois, souffrant d'anémie et refusant de s'occuper de son bébé.

Inquiets, ses parents acceptèrent de dévoiler la vérité au village et annoncèrent que Marie était de retour et qu'elle avait eu un bébé.

Elle put enfin sortir de chez elle, et reprit peu à peu goût à la vie. Elle retrouva sa place à l'usine pendant que ses parents s'occupaient de son fils. Les relations avec son enfant s'améliorèrent peu à peu jusqu'à devenir normales.

Quand on lui demandait : mais qui est le père de ce beau bébé ? Elle répondait qu'il s'était engagé dans l'armée et qu'elle ne savait pas où il était.

Elle attendait son retour.

En fait, c'est vrai qu'elle l'attendait, mais c'était ce garçon du village, un certain Jean, je crois, selon les dires de Grand-mère qui voulut bien dire la vérité à ses parents le jour où il revint au village.

Elle alla le trouver pour lui dire qu'il avait un fils, mais il la rejeta, car il avait appris par ses amis qu'elle avait eu une aventure avec un musicien de passage et que c'était sûrement lui le père de l'enfant. Elle en fut tellement mortifiée qu'elle tomba à nouveau malade.

Cette version du musicien me fut racontée par ses sœurs à qui elle s'était confiée.

C'est tout ce que je sais vraiment, mais demain, nous comptons aller rendre visite à une des tantes sur le chemin du retour, on lui demandera des précisions si tu veux.

Voilà, tu en sais autant que moi, et peut-être comprendras-tu pourquoi j'ai pardonné parfois à Grand-mère sa méchanceté envers moi, sa vie n'ayant été qu'une suite d'événements difficiles. »

Le reste de la journée se borna pour moi, à réfléchir sur tout ce que ma mère venait de nous raconter. Avec ma sœur, nous passâmes de longs moments à en parler.

Cela me perturbait énormément et le nom que je portais à présent me déplaisait, ce n'était pas le mien, qu'un leurre. La seule chose qui me réconfortait est que je changerais de nom le jour où je me marierais. En attendant, je ferais avec et décidais de ne pas trop montrer ma déception, ne voulant pas faire trop de peine à mon père. Il n'y était pour rien.

Je pensai alors à mon petit frère qui lui garderait toujours ce nom, mais heureusement pour lui ce ne fut pas un problème. Le nom qu'il porte, il se l'est approprié et il fut l'homme le plus heureux quand il apprit qu'il allait avoir un fils pour perpétuer son nom.

J'étais descendue également dans la cave pour trouver d'autres lettres, mais leur lecture ne m'avait pas appris beaucoup plus de choses. Sauf une enveloppe remplie d'articles de journaux que je mis dans ma valise pour les lire plus tard et une lettre que je lus le soir même :

« *Marie,*

J'ai vu Jean et je suis allée lui parler du bébé. Comme tu me l'as dit, il ne veut pas croire qu'il est le père. Pourtant, j'en suis presque sûre, ton fils a des cheveux roux par endroit, comme lui.

Bien sûr, je sais que tu as fauté avec ce musicien, un seul soir, mais ce ne serait vraiment pas de chance que ce soit lui. Surtout que tu n'as plus de nouvelles de lui. Il te reste cependant cette lettre que je t'ai remise et sur laquelle il t'indique où le joindre en cas de besoin. Il a dû t'oublier depuis et je ne te vois pas lui dire aujourd'hui « je me suis trompée, c'est toi le père de mon enfant, l'autre ne veut pas le reconnaître ».
Et puis si tes parents l'apprennent, ils te tueront…

Il ne te reste plus qu'à élever ton fils seule, heureusement tes parents acceptent de s'en occuper pour que tu puisses continuer à travailler.
Je sais que pour toi cela ne va pas être facile, mais as-tu le choix ?

Tu sais que je serai toujours là pour toi, même si je vais me marier bientôt.

Ton amie Sandrine »

À travers les propos de son amie, on comprenait que même Marie ne savait vraiment pas qui était le père. On sentait bien qu'elle aurait souhaité que ce soit Jean et qu'il le reconnaisse, mais tel n'était pas les cas, alors elle s'était sans doute résolu à vivre seule comme le lui conseillait son amie.

Sandrine parlait également d'une lettre que le musicien lui avait demandé de remettre à Marie dans laquelle il avait laissé ses coordonnées. Il fallait absolument que je la trouve, mais les autres lettres de la malle n'étaient que des lettres de Sandrine, qui ne m'apprirent rien d'autre. Pas de lettre du musicien.

Le lendemain, nous prenions la route pour rentrer chez nous, en faisant un détour par Nantes pour voir la sœur ainée de Marie comme ma mère me l'avait annoncé.

70

Chapitre 8

Nantes – 16 juillet 1967 – La tante Mathilde

Arrivée à Nantes, mon cœur se remit à battre très fort, j'espérais que la tante Mathilde accepterait de parler…

Mes espoirs furent comblés quand après le repas, en buvant son café à l'ombre d'un chêne, près de la terrasse, elle ne refusa pas de parler de sa sœur.

« Quand Marie tomba enceinte, mes parents furent tellement envahis par un sentiment profond de honte qu'ils l'obligèrent à rester, enfermée dans notre mansarde. C'est moi qui lui apportais le plus souvent ses repas et je prenais le temps de discuter avec elle.

J'en profitais pour lui raconter les nouvelles du village.

Sandrine son amie d'enfance m'apporta un jour une lettre que je devais remettre en cachette à ma sœur. Je restai présente lorsqu'elle la lut et la sommai de tout m'expliquer devant sa soudaine pâleur.

Ce qu'elle m'apprit alors me choqua énormément : elle m'avoua avoir eu une relation avec un inconnu, un musicien de passage et elle ne savait pas qui était vraiment le père de l'enfant qu'elle attendait. Elle était pratiquement sûre que c'était Jean, mais le doute, désormais, existait.

Lorsqu'elle eut son bébé, elle était très affaiblie et mes parents acceptèrent qu'elle sorte de nouveau afin que sa santé s'améliore, en annonçant au villageois qu'elle était revenue, mais avec un enfant.

Dans le village, on en parla longtemps puis les choses reprirent le cours normal de la vie, Marie recommença à travailler et rentrait directement à la maison pour s'occuper de son enfant. On ne la voyait plus traîner dans les rues du village, l'innocence de la jeunesse ne lui appartenait plus.

Elle semblait résignée, ne parlait pas beaucoup, mais quand elle apprit que Jean était de retour, elle rentra tard ce soir-là. À son retour, elle avait le visage décomposé et accepta de me dire que Jean ne voulait pas entendre parler de cet enfant, il était persuadé que ce n'était pas lui le père, mais le musicien dont il avait entendu parler par ses amis. Il l'avait donc rejetée.

À partir de ce jour, elle se mura dans un silence que je n'osais briser tant elle avait l'air de souffrir. Seuls les gazouillis de son fils lui arrachaient quelques sourires…

Un an après, Jean se maria. Le jour du mariage, Marie prit son fils dans ses bras, sortit de la maison sans un mot, le visage déterminé et se dirigea vers l'église. Je la suivis pressentant qu'elle allait faire une bêtise tant son regard était dur et froid. Bien m'en pris, car lorsque les jeunes mariés sortirent de l'église, elle s'approcha d'eux et cria en montrant son enfant :

— Jean, c'est ton fils, Dieu te punira de ne pas le reconnaître.

Ce fut un vrai scandale et il fallut plusieurs personnes pour m'aider à la ramener à la raison et l'éloigner de la cérémonie.

Après cet incident, elle resta de longs mois, toujours murée dans son silence, sa vie n'étant plus que rythmée par ses journées de labeur à l'usine.

Quand son fils eut trois ans, elle rencontra Mr LEBON, de dix ans son aîné, qui accepta de l'épouser et d'adopter son fils. Elle put enfin travailler un peu moins et retrouva une vie normale, essayant d'être une bonne ménagère et surtout une bonne mère.

Quand elle apprit qu'elle attendait de nouveau un enfant, sa vie changea et elle pensa qu'elle avait enfin trouvé le bonheur. Mais malheureusement ce ne fut pas le cas, son bébé, un beau garçon, fut retrouvé à l'âge de cinq mois, mort dans son berceau un matin de printemps. Ce fut un drame terrible qui fit beaucoup de bruit dans le village. Une enquête fut ouverte pour établir la cause de ce décès : le petit s'était apparemment étouffé.

Vous rentrez dans la chambre de votre enfant et vous le trouvez mort, quelle épreuve inhumaine !

Le syndrome de « la mort subite du nourrisson » qui est le décès soudain, brutal et inattendu d'un jeune enfant âgé d'un mois à un an et en bonne santé fut la conclusion de l'enquête avec cependant une mention « faute d'autres preuves ». Cela resta longtemps gravé dans les mémoires comme étant « le mystère du village ».

La perte de cet enfant ajoutée à la suspicion fut tellement douloureuse qu'elle ne voulut plus donner la vie et ton père resta son fils unique, qu'elle aurait aimé garder toute sa vie près d'elle.

Mais la vraie vie, ce n'est pas cela, les enfants partent un jour…

Après ce drame, Marie se raccrocha donc à son fils qui venait d'avoir quatre ans et le couva tant qu'elle en devint très possessive. Ceci explique sans doute les rapports difficiles qu'elle a eus avec toi Odette, dit-elle en se tournant vers ma mère.

Mr LEBON lui se mit à boire et lui mena la vie impossible pendant une dizaine d'années jusqu'à ce qu'il décède en 1937, ton père qui avait alors seize ans, s'engagea dans l'armée.

— Et Jean, osai-je demander, qu'est-il devenu ?

— Il est parti vivre à Rennes avec sa femme et il a eu trois enfants, dont un anormal, je crois. Peut-être à cause du mauvais sort que Marie lui avait jeté !

— Quel est son nom ?

— LEKERREC, mais je ne sais plus où il vit maintenant. Tu sais Sylvie, il faut laisser le passé là où il est, on ne peut plus rien changer.

— Oui, mais si c'est lui notre grand-père ?

— On ne le sait pas vraiment donc le doute étant là, il faut respecter le choix qu'il a fait en ne reconnaissant pas ton père, et il est trop tard maintenant pour changer le cours de la vie.

Nous reprîmes la route quelques heures après et tout le long du voyage tout ce que je venais d'apprendre ces derniers jours me troubla énormément.

Nous ne savions pas qui était en fait notre grand-père et mon père avait eu un petit frère mort dans des circonstances mystérieuses…

Dès notre retour, en vidant ma valise, je vis l'enveloppe contenant les articles de journaux. Je l'avais oubliée.

Je m'isolai et fébrilement ouvris l'enveloppe jaunie par le temps. Elle contenait en fait trois articles, froissés et usés à force sans doute d'avoir été pliés et dépliés maintes fois.

L'un concernait le mariage de Jean LEKERREC : il y avait la photo du mariage à la sortie de l'église, les mariés étant entourés de toute leur famille. Jean avait l'air soucieux et je suppose que la photo fut prise juste après l'esclandre de ma grand-mère. L'article ne le mentionnait pas.

L'autre avait pour titre « Mystère autour de la mort d'un bébé à St Molf ». Le journaliste avait écrit :

« Un bébé de 5 mois a été retrouvé sans vie dans son berceau dans le village de St Molf. Sa mère l'a retrouvé ainsi à midi en venant le prendre pour lui donner le biberon. Elle était partie faire une course le laissant seul comme elle en avait l'habitude. A part une petite trace rouge au niveau du cou, l'enfant n'avait pas semble-t-il reçu de coups et sa

mort ressemblait à un étouffement, car il avait les lèvres violettes. Une enquête est ouverte et toute personne ayant des éléments à donner pouvant faire avancer celle-ci, est priée de prendre contact avec la gendarmerie. »

Enfin le troisième article, daté de quinze jours plus tard, annonçait que l'enquête était close faute d'éléments nouveaux et que le bébé avait sans doute été victime de « la mort subite du nourrisson », maladie qui touchait des enfants de moins d'un an, en bonne santé.

Je rangeai soigneusement ces articles et les cachai dans le tiroir secret de mon secrétaire, me promettant de les montrer un jour à ma mère. Mais pour l'instant, il fallait que je digère tout cela, tranquillement.

L'année suivante, mon père tomba malade : cancer de l'œsophage.
La révélation des faits troublants liés à mes origines passa au deuxième plan tant ce fut douloureux de vivre avec un papa malade qui souffrait et dépérissait chaque jour de plus en plus. Il n'y avait plus eu de vacances à St Molf.

En 1970, mon père avant de mourir nous fit promettre de ne pas abandonner sa mère, malgré ce qu'elle avait fait quand elle vivait avec nous, il lui pardonnait sachant que sa vie n'avait pas toujours été facile. Il disparut le lendemain de mes vingt ans, lui, n'avait pas encore cinquante ans...

Il n'avait jamais su qu'Odette avait écrit à sa mère pour lui donner des nouvelles de sa santé et qu'elle n'avait jamais répondu. Elle n'était pas venue non plus à ses obsèques.

Je me suis bornée pendant quelques années à lui écrire de temps en temps, à lui envoyer des photos, des petits cadeaux pour Noël. Je lui en voulais un peu.

Les retours à St Molf furent également rares, car je fus prise dans le tourbillon de la vie : un divorce, un remariage, trois enfants...

Mais ces voyages m'apportèrent encore à chaque fois leur lot de surprise et de découverte sur le passé mouvementé de ma grand-mère... Mais surtout la vérité sur mes origines et la résolution du « mystère du village », deux faits qui perturbèrent une bonne partie de ma vie : mon enfance, ma jeunesse et ma vie d'adulte...

3ème partie

« La dépression »

Chapitre 1

Salon-de-Provence – 14 juillet 1980 – La maladie

Mes interrogations sur mes origines s'estompèrent au fil du temps, jusqu'à rester au fin fond de mon inconscient, attendant qu'un choc émotionnel les fassent ressortir subitement.

Dix ans après la mort de mon père, entourée de mes trois enfants et de mon mari Gérard, nous regardions le défilé militaire à la télévision. Comme d'habitude, un petit pincement au cœur m'empêchait de savourer pleinement ce moment, je revoyais encore mon père dans sa belle tenue de l'École de l'Air, fier d'avoir un jour défilé sur les Champs-Élysées.

Depuis quelque temps, mes pensées étaient beaucoup tournées vers mon enfance et les souvenirs que j'avais de mon père. Je ne sais pas pourquoi, mais j'avais le sentiment de faire une fixation sur la musique. Je passais du temps, trop de temps à écouter de la musique classique, j'allais dans les magasins de musique toucher les violons, à la recherche d'anciennes partitions. Je me sentais mal, surtout physiquement, j'avais des douleurs abdominales, des aigreurs qui me donnaient mal à la gorge. Je croyais que j'avais un cancer, comme mon père.

Après des examens, on me découvrit une hernie hiatale expliquant ces problèmes d'aigreurs. J'étais rassurée, mais peu de temps après une douleur importante au bas-ventre du côté de l'aine me fit souffrir. Je recommençais à me faire du souci. Mon médecin qui me voyait au moins une fois par semaine décida de me faire, encore une fois, des analyses. Avec le recul, je pense qu'il devait être content de m'avoir comme cliente.

Toutes les nuits, je pleurais, je pensais à mes enfants si jeunes que je risquais de ne pas voir grandir tant ma hantise de mourir m'habitait constamment.

Mais que m'arrivait-il, pourquoi je ne pouvais pas profiter du bonheur qui m'était offert par la vie. Mon mariage ne devait m'apporter que tranquillité, j'avais 3 enfants adorables, en bonne santé, un mari aimant dont le travail me permettait de ne pas être obligée de travailler. Il ne comprenait d'ailleurs pas ce qui se passait dans ma tête, mon attitude négative, mes plaintes quotidiennes.

Un matin, après une nuit supplémentaire d'insomnie due à trop de souffrance physique et morale, je pris la décision d'aller voir un autre docteur, celui que ma voisine m'avait conseillé quelques jours avant, un généraliste psychologue.

J'attendais beaucoup de cette visite, mais je fus vite déçue : après m'avoir posé plusieurs questions sur ma santé et les examens déjà passés, il me dit :

— Madame, rentrez chez vous, vous n'avez rien.

— Ah…. Mais j'ai mal.

— Non, c'est dans votre tête, c'est un psy qu'il faut aller voir.

— Pourtant je ne simule pas, je souffre vraiment.

— Je ne peux rien de plus pour vous, voici l'adresse de quelqu'un qui pourra sûrement vous aider, mais c'est à vous de le vouloir.

— Merci, je veux bien essayer, dis-je en prenant la carte de visite de cette personne.

Je ressortis de cette entrevue déprimée, personne ne voulait me croire, ne prenait en compte mes douleurs. Pourquoi la médecine ne trouvait pas ce que j'avais.

En rentrant, je me sentis seule et le lendemain, je décidai de retourner voir mon docteur pour lui demander de me refaire des examens. Ce qu'il fit de suite, peut-être pour se débarrasser de moi.

Lorsque les résultats arrivèrent, en lisant les chiffres annoncés et en les comparant avec les normes, un chiffre m'apparut anormalement élevé. J'appelai immédiatement mon docteur qui enfin me dit ce que j'attendais depuis si longtemps :

— Madame, vous avez sûrement des calculs néphrétiques, cela expliquerait vos douleurs à l'aine. Je téléphone à la clinique de Mimet pour que vous passiez un scanner des reins. Quand êtes-vous disponible ?

— N'importe quand, je m'arrangerai toujours.

— Je vous rappelle.

— Merci.

Une fois le téléphone raccroché, j'appelai mon mari pour lui dire de se préparer à quitter son travail pour m'amener très rapidement à Mimet, car j'avais des calculs.

L'attente fut longue, mais j'étais contente qu'enfin les choses bougent et que l'on me prenne au sérieux. En début d'après-midi, mon docteur m'annonçait que j'étais attendue vers 17 heures.

Dans la voiture, je demandai à mon mari de conduire doucement, car j'avais très mal, sûrement mes calculs qui se déplaçaient. J'avais déjà eu cela beaucoup plus jeune et je n'en avais pas gardé un très bon souvenir. Une fois arrivée, on me prépara pour le scanner en m'injectant de l'iode. Pas très agréable, mais j'étais prête à tout encaisser sans rien dire tellement j'avais hâte que soit confirmée l'existence de ces calculs.

— Madame, vous avez mal où exactement, car nous ne trouvons rien.
— En bas du côté de l'aine.
— C'est bizarre, il n'y a aucun calcul dans vos reins et dans le canal urinaire.
— Je ne comprends pas, j'ai tellement mal et mes analyses ne sont pas bonnes.
— Bon, on va montrer les résultats au professeur, patientez dans la salle d'attente, on vous appellera.

Très déçue, je m'installai dans la salle et en attendant sortis les résultats de mes analyses pour les montrer au professeur. J'y jetai un œil pour passer le temps et là en regardant le chiffre soit disant anormal, je vis avec effroi que je m'étais trompée, il était bien situé entre les deux valeurs de référence. Il était donc normal qu'ils n'aient pas trouvé ces calculs. D'un seul coup, j'avais moins mal et je réalisais pour la première fois que c'était peut-être bien dans ma tête que tout se passait. J'étais honteuse, par rapport avant tout à mon mari qui venait encore de passer une mauvaise journée à cause de toutes mes douleurs imaginaires.

On me garda une nuit à la clinique pour surveiller mes douleurs. Je ne savais plus quelle attitude avoir, car je me demandais ce que je faisais là. Tout était donc de ma faute et je repensai aux paroles de ce docteur qui m'avait conseillé d'aller voir quelqu'un pour m'aider.

Le lendemain matin en revenant à la maison ma décision était prise : j'allais prendre rendez-vous avec cette personne, il fallait qu'elle m'aide à comprendre pourquoi j'avais tant de souffrance en moi, souffrance imaginaire apparemment !

Chapitre 2

Marseille – 5 septembre 1980 – 1ère visite

Le rendez-vous avait été pris : le vendredi 5 septembre 1980, 36 rue de Rome à Marseille, à 14h00.

Sur la carte de visite, il y avait mentionné : « **Madame BRENZA traitement des symptômes émotionnels** »

Je partis assez tôt, afin de ne pas être en retard, mais surtout parce que j'étais impatiente de la rencontrer. Il fallait pour mes enfants et pour mon mari que je m'en sorte. Cela ne pouvait plus durer ainsi.

Le N° 36 correspondait à un vieil immeuble pas très accueillant, le crépi partait par endroit et la façade aurait eu besoin d'un bon ravalement. Des vélos encombraient le hall d'entrée, et il fallut que je me fraye un passage pour atteindre l'escalier qui me rassura un peu, car il était recouvert de carreaux hexagonaux en terre cuite appelés « tomettes provençales ». Cela avait dû être un bel immeuble autrefois...

Après tout, je ne connaissais personne l'ayant déjà rencontrée, cette femme soi-disant psychologue !

Je montai doucement les deux premiers étages et une plaque au nom de Mme BRENZA m'apparut, il fallait prendre à droite, ce que je fis et trouvai le n° 36 au fond du couloir.

J'étais là devant la porte, hésitant à sonner, je n'allais quand même pas faire demi-tour maintenant. J'appuyai enfin sur la sonnette d'une main tremblante et attendis. Cela me parut interminable, quand enfin, j'entendis un déclic.

La porte s'ouvrit et la femme que j'aperçus me plut de suite. C'était une petite femme au regard très doux, les cheveux soigneusement coiffés en arrière, très peu maquillée. Elle portait une robe noire, simple, une ceinture fantaisie pour seul ornement.

— Bonjour Madame.
— Bonjour, rentrez, je vous en prie.
— Merci.
— Asseyez-vous, dit-elle en me montrant un joli petit fauteuil près d'un

bureau où de nombreux livres vieillis par le temps trônaient par-ci, par là.

— Je vous écoute, racontez-moi ce qui vous arrive, me dit-elle en prenant une feuille et un stylo qui traînait sur son bureau.

— J'ai besoin d'aide, je crois toujours que j'ai quelque chose de grave et j'ai le sentiment de vraiment souffrir. Mais je sais aujourd'hui que c'est dans ma tête que cela ne va pas. De plus, je fais une fixation sur la musique.

— Avez-vous des raisons d'être malheureuse aujourd'hui ?

— Non, au contraire, j'ai un mari très gentil et des enfants qui ne posent aucun problème. Nous ne sommes pas dans le besoin, et j'ai ainsi la chance de pouvoir élever mes enfants.

— Et dans votre passé, qu'y a-t-il de douloureux ?

— J'ai eu une enfance heureuse, mais à vingt ans, j'ai perdu mon père qui a eu un cancer de l'œsophage. Sa maladie a duré deux ans et c'était une véritable épreuve pour nous de le voir tant souffrir. À sa mort, ma mère resta seule avec trois enfants dont mon frère qui n'avait que quatorze ans.

— Avez-vous le sentiment d'en avoir fait le deuil ?

— Je ne sais pas, je pense, mais il est vrai que depuis quelque temps le fait de penser à la musique me rapproche de lui car il était musicien. J'en parle beaucoup avec ma mère qui vit chez nous en ce moment. Je crois qu'il me manque en fait.

— Bon voilà peut-être une des raisons de votre mal-être. Y a-t-il eu autre chose ?

— Euh… Oui, j'ai eu un premier mariage pendant lequel j'ai beaucoup souffert : j'ai connu la souffrance de ne pas pouvoir avoir d'enfants et celle de l'adultère. Le divorce a été inévitable, et même, si aujourd'hui, je me dis que ce fut « un divorce heureux », l'épreuve fut difficile.

— Vous savez, chaque souffrance laisse toujours une petite trace quelque part, bien enfouie au fond de notre inconscient, et il suffit d'une petite fatigue, d'une contrariété pour tout refaire sortir. Et parfois, certaines de ces épreuves sont tellement lointaines dans notre enfance que l'on ne s'en rappelle plus.

— Y a-t-il une solution pour retrouver une certaine sérénité face à tous ces éléments ?

— Oui, si vous êtes d'accord, je vais essayer en vous décontractant de faire sortir toute cette douleur qui se trouve en vous, qu'elle soit connue ou non, mais il faut avoir confiance en moi et accepter de vous laisser aller complètement.

— C'est une sorte d'hypnose que vous me proposez ?

— Pas tout à fait, car vous resterez consciente, mais si vous rentrez bien dans le concept cela y ressemble beaucoup.

— D'accord, je veux bien essayer.

J'avais toujours aimé toutes ces sciences mystiques, telles que le yoga, les gestes qui vous permettent de trouver les karmas… Donc j'adhérai sans problème à ce qu'elle me proposait, d'autant plus que cela m'avait déjà fait du bien de parler.

Quand j'avais connu Gérard, juste après mon divorce, j'étais fragilisée et il avait tout fait pour me rendre heureuse, à tel point que lorsqu'il m'arrivait de pleurer pour des raisons de fatigue, d'énervement ou de contrariétés, il ne le comprenait pas. Alors j'évitais de trop parler de mes souffrances, mes doutes.

— Nous allons commencer : allongez-vous sur ce divan, mettez-vous à l'aise. Je vais vous mettre des écouteurs sur les oreilles pour vous faire entendre de la musique d'ambiance. Fermez les yeux et détendez-vous.

Joignant le geste à la parole, elle me mit une paire de petits écouteurs qui diffusaient une jolie musique, je fermai les yeux pour m'en imprégner.

— Voilà, c'est bien, on va essayer ensemble de dissocier votre corps de votre esprit, me dit-elle d'une voix très douce pour me mettre sûrement en confiance. Je l'étais.

— Imaginez un endroit, un paysage où vous aimeriez vous promener.

— Je ne cherchai pas longtemps : un sentier bordé d'arbres longeant une petite rivière avec pour seule lumière les rayons de soleil qui essayaient de transpercer les feuillages. Quelques chants d'oiseaux.

— Marchez, marchez doucement, respirez profondément au rythme de vos pas, videz le plus possible l'air de vos poumons, puis remplissez les en ayant des pensées positives, pensez à vos enfants, votre mari qui vous aime. Avancez dans cet endroit que vous avez choisi.

Sa voix m'apaisait, et je me trouvais bien.

— Maintenant, cherchez un lieu où vous aimeriez vous étendre pour vous reposer.

Là, je mis un peu plus de temps à trouver, et mon choix se porta enfin sur une petite clairière.

— Vous avez trouvé un endroit ?

— Oui. Au pied d'un arbre au bord de l'eau.

— Alors allongez-vous sous cet arbre et laissez-vous aller en écoutant les bruits de la nature autour de vous.

Elle attendit quelques instants puis continua à me parler tout doucement :

— Détendez votre corps, commencez par le front, le nez, la bouche puis les muscles de vos bras, de votre ventre, des jambes. Lorsque vous serez bien détendue, essayez de visualiser ce corps puis déposez-le sous cet arbre, quittez-le et concentrez-vous sur votre esprit.

Ce que je me sentais bien, j'avais envie à la fois de dormir, et de savoir où tout cela allait me mener.

— Lorsque vous visualiserez votre corps loin de vous, levez la main.

Ce que je fis dans un laps de temps qui me parut long, ce n'était pas facile de s'éloigner de cet endroit où je me sentais bien et où je voyais mon corps allongé.

— Bien, me dit-elle, maintenant, je vous demande de penser à quelque chose qui vous a fait souffrir lorsque vous aviez dix ans.

Alors là, comment pouvais-je me souvenir d'un événement datant de si loin ? Et puis je me mis à réfléchir : dix ans, j'habitais où ? Dans un appartement de la cité de Lurian, près de la base militaire où travaillait mon père, et un flash m'apparut, un incident qui, parfois me revient à l'esprit. Je me mis à le raconter, la voix très émue :

— Je suis seule sur un trottoir et je pleure... Je me souviens d'avoir peur en attendant que mon père vienne me chercher à la sortie de l'école de musique.
— Pourquoi, que s'est-il passé ? m'encouragea Mme BRENZA
— Je ne sais pas.
— Essayez de vous rappeler pourquoi vous avez peur !
— Il y a longtemps que j'attends, ce n'est pas normal, Papa
m'a sans doute oubliée.
— Que se passe-t-il ensuite ?
— Une dame me demande pourquoi je pleure et je lui dis que j'attends mon père. Ensuite, un monsieur me propose de me ramener chez moi et je monte dans sa voiture.
— Vous retrouvez vos parents ?
— Oui, en arrivant mon père est en train de sortir de l'immeuble, et pousse un cri de joie en me voyant descendre d'une voiture. Il partait déclarer ma disparition au commissariat. Il me demande où j'étais allée en sortant de l'école, car il ne m'avait pas trouvée à l'endroit habituel.
— Pourquoi n'étiez-vous pas à cet endroit-là ?
— En fait, ce jour-là, à cause de travaux, mon père avait dû me laisser bien avant l'école et j'avais parcouru un bout de chemin à pied, fière de marcher seule dans la rue. À la sortie, j'avais cru que je devais faire le même chemin pour le retrouver. Or les ouvriers qui avaient fini leur journée, avaient libéré la route aux voitures et mon père avait pu m'attendre devant l'entrée de l'école comme d'habitude.
— Y pensez-vous encore aujourd'hui ?
— Oui, de temps en temps, surtout quand j'entends qu'un enfant a été

enlevé, je me dis que moi ce jour-là, j'aurai pu tomber sur une personne anormale qui aurait pu me faire du mal. Mes parents d'ailleurs m'avaient fait la morale le lendemain de cet épisode et cela m'avait servi de leçon.

Madame BRENZA me demanda alors de me concentrer de nouveau, car ce souvenir-là n'était pas enfoui en moi, donc ne pouvait être à l'origine de mon mal-être.

Je trouvais encore la force de réfléchir et une image furtive m'apparut, souvenir que j'avais totalement oublié :

— Je me souviens de mon petit frère qui doit avoir moins d'un an. Il hurle et je me bouche les oreilles pour ne pas l'entendre. Ma mère nous appelle, mais nous n'avons pas très envie de sortir de notre chambre, nous savons ce qu'elle va nous demander. Je vois dans le regard de ma sœur le même effroi, mais nous obéissons.

Un sanglot m'empêcha de continuer. J'avais oublié à quel point ce moment-là avait été douloureux pour moi, encore très jeune.

— Continuez, vous devez vous libérer de ce poids.

— Tous les soirs depuis une semaine, c'est la même chose : ma mère doit le soigner, il a un problème au niveau de son sexe, il faut qu'elle décalotte le gland de sa verge et à cette époque, je ne comprenais pas pourquoi. C'est très douloureux pour lui et elle a besoin qu'on lui tienne les bras pour qu'elle puisse lui faire.

— Que ressentiez-vous ?

— J'avais l'impression que c'était à cause de nous s'il hurlait si fort, il était difficile de l'empêcher de bouger et nous devions serrer très fort ses petits bras.

— Vous en vouliez à votre maman ?

— Oh oui ! Elle aurait dû attendre que notre père rentre pour le lui demander. C'était notre petit frère et nous l'aimions tellement. Nous nous sentions coupables.

— Aviez-vous déjà repensé à cette souffrance de petite fille ?

— Non, je ne m'en souvenais plus du tout.

— Cette culpabilité était cachée au fond de vous. Le fait d'en avoir parlé va vous permettre d'aller déjà un peu mieux.

Des larmes coulaient le long de mes joues, je ne pouvais pas les contrôler. Je ressentais la douleur que j'éprouvais à l'époque et cela me fit comprendre que les blessures quelle que soit leur nature, ne se referment jamais.

Mme BRENZA me demanda alors de retourner vers le lieu où se

trouvait mon corps et d'en reprendre possession. Puis elle m'expliqua comment revenir à la réalité tout doucement.

— Respirez doucement, sentez les moindres parties de votre corps reprendre vie en vous. Quand vous le désirerez, vous ouvrirez les yeux et tranquillement, vous essaierez de vous asseoir sur le divan. Prenez votre temps.

J'obéis à ses instructions et cinq minutes plus tard, j'étais debout devant son bureau, assez calme même si ce que je venais de vivre avait été perturbant.

— Cette première expérience vous démontre bien que nous avons tous des souffrances cachées en nous, qui ressortent un jour ou l'autre sous une forme parfois étonnante mais souvent douloureuse. Telle est votre cas. Je pense que vous en avez d'autres et que le meilleur moyen pour qu'aujourd'hui, vous puissiez vivre votre vie sereinement est de les trouver. Je vous conseille de revenir me voir dans un mois si vous le voulez bien afin de tenter une nouvelle incursion dans votre passé.

— Oui, cette expérience m'a plu, je voudrais bien continuer.

Et un nouveau rendez-vous fut fixé le mois suivant.

Chapitre 3

Marseille – 15 octobre 1980 – 2ème visite

Lorsque je sonnai, ce jour-là, j'étais très excitée à l'idée de connaître d'autres parties de mon passé. Qu'allais-je découvrir cette fois-ci ?

Mon retour à la maison avait été agréable, je me sentais mieux, mes douleurs semblaient atténuées. Je ne me sentais pas guérie, mais je voyais les choses différemment et faisait des efforts pour moins me plaindre. Tout le monde ressentait cet apaisement. L'incident qui était remonté à la surface ne me faisait plus souffrir, c'était du passé et devait le rester.

Allongée sur le divan, la procédure avait été la même, j'avais déposé mon corps au même endroit sous le chêne au bord de l'eau.

— Comment vous sentez vous ?
— Bien, je me sens détendue.
— Nous allons essayer de nouveau de remonter le temps, y a-t-il un événement marquant qui vous revienne pendant votre adolescence ?

Sur le moment, l'inspiration ne vint pas, comme l'autrefois.
Il ne me semblait pas avoir eu de problèmes particuliers pendant cette période, des rapports parfois difficiles avec les parents, mais comme tout le monde, puis le fait sans doute d'avoir libéré mon esprit de toutes contraintes corporelles me fit apparaître une image : moi, en train de fouiller une vieille malle.

— Quand j'étais petite, j'avais découvert une vieille malle chez ma grand-mère, remplie de lettres, de documents.
— Pourquoi ce souvenir est-il douloureux ?
— Je ne sais plus.
— Que contenaient ces lettres ?
— C'étaient des lettres d'amour échangées entre ma grand-mère et sa meilleure amie. Ah oui, je me souviens, j'avais cette année appris qu'elle avait eu un amoureux et qu'il l'avait laissé tomber.
— Ceci ne peut pas être la cause pour vous d'une grande souffrance. Que s'est-il passé après ?
— Je me rappelle que la découverte de ces lettres que je partageais avec ma sœur m'excitait beaucoup et j'attendais toujours avec impatience le moment d'aller en chercher d'autres.

D'un seul coup, je me mis à pleurer, sans savoir pourquoi. Je me mis à penser à mon père qui me manquait.

— Que vous arrive-t-il ?
— Je pense à mon père.
— Quel rapport avec ces lettres ?
— Je ne sais pas, peut-être que c'est le fait que ces lettres parlent de sa maman.

Et puis là tout me revint comme un boulet de canon qui me frappa à la poitrine. Cela faisait mal. Je ne pus contenir encore une fois tous les sanglots qui me montaient à la gorge.

— Calmez-vous, racontez-moi, qu'est-ce qui fait si mal d'un seul coup, me demanda-t-elle.
— J'avais dix-sept ans, un soir que nous revenions d'un bal du 14 juillet, dis-je entre deux sanglots, nous avons surpris une conversation entre grandes personnes et appris que notre père était né d'une union honteuse à l'époque entre ma grand-mère et un jeune du village. Abandonnée par son amant, ses parents avaient élevé son fils puis elle avait épousé Monsieur LEBON que nous croyions être notre grand-père puisqu'il avait donné son nom à mon père… On nous avait donc menti.
— Pourquoi est-ce si douloureux ?
— Je sais qu'à cette époque, j'avais alors renié mon nom de famille. Il me tardait de me marier pour changer de nom, mais je n'ai pas souvenir que cela m'avait fait aussi mal. Je n'y pensais plus d'ailleurs, peut-être justement parce que je suis mariée et que je porte un nom qui me plaît.
— N'y a-t-il pas un autre incident lié à cela encore enfoui au fond de vous comme la dernière fois ?
— Je ne vois pas.
— Avez-vous essayé par la suite de retrouver ce grand père ?
— Je ne me rappelle plus.
— N'avez-vous pas trouvé d'autres lettres, d'autres documents concernant le passé de votre grand-mère. Vous aviez l'air très curieuse sur ce sujet.
— Peut-être en effet. La seule chose que je me souvienne est d'avoir été rendre visite à une grande tante qui nous a raconté ce qui s'était passé. Elle nous avait appris que peut-être grand-mère aurait également fauté avec un musicien de passage.
— Un musicien ?
— Oui, mais elle m'avait fait comprendre de laisser le passé tranquille, alors j'avais cessé de poser des questions.
— Bon nous allons nous arrêter aujourd'hui, revenez vers votre corps,

reprenez-en possession et dès que vous le voudrez, levez-vous et rejoignez moi à mon bureau.

Je mis plus de temps que la dernière fois à immerger de cette torpeur dans laquelle je rentrais à chaque fois. Mon esprit avait envie de rester dans ce passé que je venais de faire ressurgir. J'avais envie de me rappeler, car j'en avais la certitude, j'avais appris d'autres choses.

— Asseyez-vous, nous allons faire un point ensemble.

J'essayai de me calmer, mais je tremblais et des larmes coulaient encore.

— C'est peut-être cette frustration qui vous empêche aujourd'hui d'avancer sereinement dans la vie. Vous avez encore des interrogations au fond de vous-même et tant que vous n'aurez pas toutes les réponses, vous n'irez pas bien. Je pense que d'autres éléments se rajoutent à cette découverte qui inconsciemment vous a perturbée plus que vous ne le pensez. Mais aujourd'hui, vous ne vous en souvenez plus, votre esprit a fait un gros effort, mais il a ses limites.

— Pensez-vous que cela me reviendra ?

— Je ne sais pas, il va falloir trouver un autre fil conducteur la prochaine fois.

— Je vais essayer de me souvenir de mes vacances et je poserai des questions à ma sœur, qui a vécu ces évènements avec moi.

— Oui ce serait bien de vous faire aider pour avoir tous les éléments en main. Votre besoin de connaître vos origines peut être la source profonde de votre mal-être d'aujourd'hui, d'autant plus que vous avez des enfants. La prochaine fois, nous aborderons le problème de votre papa qui est le centre de cette histoire. Il me semble d'ailleurs que vous n'en avez pas fait entièrement le deuil. Il faut le laisser partir, il ne faut pas le retenir dans ce monde. Son âme doit être libérée.

— Il était musicien ? rajouta-t-elle.

— Oui, j'aimais bien jouer avec lui.

— Et il est mort d'un cancer, vous m'avez dit, je crois ?

— Oui, un cancer de l'œsophage.

— C'est tout cela qui me fait penser que vous vous accrochez à lui. Vous pensez avoir un cancer, alors vous vous infligez toute seule, des souffrances imaginaires. Vous faites une fixation sur la musique, car cela vous rapproche de lui. Il va falloir en passer par là, mais il faut que vous acceptiez totalement la mort de votre père, c'est nécessaire pour votre survie, car vous êtes en train de vous détruire. Il faut penser à votre famille, à la vie que vous avez construite avec votre mari. Laissez le passé, là où il est, votre tante avait raison.

Chapitre 4

Marseille – 17 novembre 1980 – 3ème visite

En roulant sur l'autoroute menant à Marseille, alors qu'un accident ralentissait considérablement le trafic routier, je me remémorai les jours qui avaient suivi ma deuxième visite.

J'avais été très perturbée par tous ces souvenirs qui remontaient à la surface, plus que la première fois, car là, ils touchaient ma propre vie, mon propre passé. C'est vrai, je ne pensais plus à cela, j'avais fait ma vie sans regarder derrière.

Une seule chose avait guidé mes pas lors de ma première expérience amoureuse. J'étais sortie trois ans avec le même garçon sans avoir eu de relations sexuelles. Dès qu'il me le demandait, c'était un non-catégorique, j'avais tellement peur de tomber enceinte. Je pense qu'avec le recul, je n'avais pas envie de réécrire la même histoire. Et puis plus tard, j'avais occulté cette peur, j'avais eu plusieurs amants avant de me marier.

J'avais également beaucoup pensé à mon père et il me tardait d'arriver pour savoir comment elle allait s'y prendre pour m'obliger à faire son deuil complètement. Je n'en avais pas très envie, car j'aimais bien sentir sa présence parfois lorsque je me mettais au piano ou que je prenais ma guitare. Mais je comprenais que mon attitude de ces derniers temps avait une relation avec lui et mon passé. Le cancer, la musique en était le lien.

Dès mon arrivée, très à l'aise, je rentrai vite dans cet état second qu'une musique douce, diffusée par des écouteurs à même les oreilles, m'aidait à atteindre et je me retrouvai vite allongée sous mon chêne.

— Nous allons essayer de rentrer en contact avec votre papa. Je voudrais que vous vous laissiez aller complètement, sans retenue. Vous le voulez bien ?

— Oui, mais j'ai un peu peur.

— Ne vous inquiétez pas tout va bien se passer. Juste détendez-vous le plus possible. Maintenant imaginez un endroit près du chêne où le paysage vous plaît bien.

— J'aime bien m'imaginer un champ fleuri de l'autre côté du ruisseau.

— Le ruisseau est profond ?

— Non on peut le traverser à pied.

— Très bien. Concentrez-vous et rappelez-vous physiquement votre papa avant qu'il ne tombe malade.

— C'est difficile, dis-je en commençant à pleurer.

— Faites un effort, vous allez réussir à l'apercevoir si vous rassemblez tous vos souvenirs.

Pendant quelques minutes, essayant de retenir mes larmes, j'essayai de visualiser mon père. Les images de lui malade se superposaient souvent à celles de l'homme bien portant, mais je réussis enfin à stabiliser en moi une image que j'aimais de lui et un miracle survint.

Je le vis, c'était bien lui, mon père, il avançait doucement de l'autre côté du ruisseau à travers le champ fleuri et quand il fut tout près, presque en face de moi, je constatai une chose frappante : il souriait.

Je n'arrêtais pas de pleurer, mais lui, il souriait.

— Dites lui que vous l'aimez, il ne peut vous répondre pour l'instant, mais il peut vous entendre.

— Papa, pourquoi es-tu parti, tu me manques tellement.

La situation pouvait paraître étrange, mais j'étais tellement dans un autre monde que rien ne m'étonnait. Il me sembla qu'il avançait encore plus près, à tel point que j'avais envie de le toucher. Mais je pensai que ce geste pouvait interrompre peut-être cet instant magique, alors je n'en fis rien.

Madame BRENZA interrompit ce moment inoubliable.

— Votre papa est heureux de vous revoir, mais il veut sa liberté. Il doit pouvoir aller dans le monde qui l'attend, qui n'est pas le vôtre.

— Pourquoi, j'ai encore besoin de lui.

— Non il est parti, il doit rester dans votre cœur, mais ne peut plus guider vos pas dans la vie.

— Je ne veux pas qu'il s'en aille, dis-je entre deux énormes sanglots.

Je n'arrivai plus à me contrôler, mon cœur battait la chamade, mon ventre se mit à me faire mal, là même où depuis plusieurs mois, je me plaignais de souffrances intolérables.

— J'ai mal au ventre ! criai-je.

— C'est normal, nous touchons au but, vous devez accepter de couper le cordon entre vous et votre père et tout rentrera dans l'ordre.

— Non ! Non !

— Oui, vous allez y arriver. Choisissez un instrument.

— Quel instrument ? Un instrument de musique ?

—Non, répondit-elle, un instrument coupant pour rompre le cordon.

— Ah, fis-je confuse, je ne sais pas, je n'ai pas envie de le couper.

— Il le faut, pensez à votre mari, à vos enfants, ils ont besoin d'une maman forte, qui ne soit pas malade tout le temps.

Cette dernière phrase fut comme un déclic en moi, j'arrêtai subitement de m'opposer à ce qu'elle me demandait et lui répondis :

— Une hache.

J'aurais pu trouver un outil moins lourd et surtout moins horrible quand j'y repense.

— Maintenant que vous avez choisi la hache, visualisez le cordon entre vous et votre père. Imaginez le long, énorme, il n'a pas une belle couleur. Vous le voyez ?
— Oui, mais vous êtes sûre que je dois le trancher avec cette hache. Mon père va partir si je le fais.
— C'est le but. Dites-lui adieu, il est temps qu'il parte de toute façon.

Alors que je m'apprêtais à lever la hache, j'entendis au loin une voix « attends écoute ce que j'ai à te dire »

— Je ne peux pas le faire, mon père veut me parler.
— Eh bien écoutez ce qu'il a à vous dire et vous le ferez ensuite. Laissez le parler, ne l'interrompez pas.

J'essayai de fixer son regard et sa bouche de peur de ne pas comprendre ses paroles.

« Ma fille, va dire à ta mère de refaire sa vie, elle ne doit pas rester seule, je ne lui en voudrai pas. Et toi, grandis et avance sans moi, désormais, laisse moi partir. Je t'aime mon enfant. »

Les yeux embués, je sentis cependant en moi une chaleur douce m'envahir, mon bras se leva et sectionna le cordon sans que je ne puisse résister.
Mon père en souriant se retourna et disparut très rapidement au fin fond du champ qui avait pris des couleurs flamboyantes les unes plus belles que les autres. Il était parti et je restai là, toute seule, près de mon chêne. J'eus alors envie de reprendre mon corps et me réveiller. J'avais dû faire un rêve, car je me sentais si bien. Je l'avais vu heureux et si content de partir, je l'avais laissé s'en aller sans regret.

— Reprenez vos esprits et je vous attends, me murmura-t-elle voyant sans doute qu'il ne fallait pas me brusquer, que je devais revenir à la réalité doucement.

Une fois assise en face d'elle, j'attendis qu'elle me parle, moi, je ne pouvais plus sortir un son tant ma gorge était nouée. J'avais vu mon père. Je lui avais parlé.

— Voilà je crois qu'aujourd'hui nous avons bien avancé. Il va falloir faire maintenant un travail de reconstruction à partir de tout cela. Pleurez tant que vous pouvez, laissez sortir votre tristesse.

— C'est très dur ce que je viens de vivre, mais vous aviez raison, il fallait le faire. Je ne me rendais pas compte combien il avait pris beaucoup trop de place dans ma vie actuelle au détriment de ceux qui m'entourent et qui m'aiment.

— C'est bien de vous en rendre compte, le premier pas est fait.

— Vous pensez que cela suffira à me guérir totalement ?

— Peut-être pas entièrement, car la dernière fois, vous avez soulevé une autre souffrance concernant le passé de votre papa. Il faudrait en parallèle essayer de résoudre le mystère qui entoure vos origines. J'aimerais bien que vous reveniez me voir, car il m'a semblé voir se profiler un autre élément perturbateur dans votre récit. Mais je ne vous oblige en rien.

— Je viendrai le mois prochain.

— Bon eh bien au revoir et bon courage, me dit-elle en me serrant chaudement la main, et au fait, je ne sais pas ce que votre père vous a dit, mais ne l'oubliez jamais, ce devait être important.

— C'est un message pour ma mère, je vais lui transmettre.

Mon retour fut très difficile, je ne pouvais m'empêcher de pleurer, en conduisant, cela en était même dangereux.

Je crois également que je n'ai jamais autant versé de larmes, mais les jours suivants, mes souffrances physiques s'étaient atténuées. Je n'avais plus peur de tomber malade. Je pouvais enfin faire des projets avec mes enfants, mon mari.

J'avais tout raconté à ma mère qui avait eu du mal à me croire. Je ne sais si aujourd'hui, elle est toujours sceptique. Mais elle avait vu tellement un changement en moi que rien d'autre ne comptait désormais.

Me sentant sur la voie d'un rétablissement complet, je ne ressentis pas le besoin de revoir madame BRENZA, je n'avais pas envie de sangloter comme une enfant encore une fois.

En revanche, je m'étais promis d'essayer de retrouver mon vrai grand-père ou du moins savoir qui il était, lorsque je retournerais voir ma grand-mère...

4ème partie

« La révélation »

Chapitre 1

St Molf – 14 juillet 1981 – Louis

Mes douleurs avaient pratiquement disparu, j'avais repris une vie normale.

Mais je savais qu'il me restait quand même une chose à faire : retourner à St Molf. Un jour, j'en parlai à Gérard et il adhéra de suite à mon idée de passer nos prochaines vacances là-bas chez ma grand-mère.

J'avais l'intention d'aller fouiner encore dans la vieille malle, mais cela, je l'avais gardé pour moi…

Ma dépression, le retour forcé vers mon passé où des évènements oubliés avaient ressurgi, m'avaient de nouveau donné l'envie de reprendre la recherche de mes origines, là où je m'étais arrêtée, un désir absolu et indétournable.

Je redevenais la jeune fille curieuse et avide d'informations. Mais que pouvais-je trouver de plus, j'en savais déjà beaucoup. Bien sûr, il manquait le maillon le plus important : qui était ce musicien de passage ?

Il y avait tellement longtemps que je n'étais pas retournée en Bretagne, plus de dix ans !
J'étais contente de revoir ma grand-mère, mais un peu angoissée, car je ne savais pas comment elle allait nous recevoir.
Je lui avais écrit un peu plus souvent ces dernières années, mais très prise par ma vie de maman, d'épouse, j'avoue que je n'avais pas beaucoup pensé à elle. Elle habitait si loin.

Je savais qu'elle était bien entourée dans son village natal et qu'elle ne manquait de rien. En cela, je respectais la promesse faite à mon père. Je n'avais pas ressenti le besoin d'en faire plus jusqu'à présent.

Ma grand-mère avait 80 ans aujourd'hui et je ne sais pas si elle se souviendrait encore de sa jeunesse. J'étais cependant décidée à obtenir les réponses qu'elle m'avait toujours refusées.

J'avais choisi le 14 juillet pour ce retour au pays de mes ancêtres, date qui avait marqué ma vie bien souvent. Je pensais que cette date me porterait chance.

Le voyage fut long avec les trois enfants installés tant bien que mal à l'arrière de la voiture. Même si celle-ci était assez confortable, il fallut faire plusieurs arrêts pour qu'ils se détendent un peu les jambes.

J'avais demandé à Gérard de faire un petit détour par Soubise pour que je puisse revoir notre maison où j'avais passé quelques années de mon enfance.

Ce fut une grande émotion que de la revoir, mais j'étais un peu déçue. Elle me semblait plus petite que dans mon souvenir, et les constructions nouvelles autour enlevaient tout son charme. Il n'y avait plus le petit sous-bois que l'on apercevait en descendant le chemin. Un parking le remplaçait.

Parfois, il vaudrait mieux ne pas revenir sur les lieux de son passé pour en garder intact leurs images. C'est pareil pour les personnes qui ont parcouru un bout de chemin avec vous et que l'on revoit bien longtemps après. Les années ne font jamais du bien aux visages, et c'est toujours un choc de les revoir. Cela vous fait surtout prendre conscience que vous aussi, vous avez changé.

À peine arrivés à l'entrée du village, mon ventre me fit très mal. Madame BRENZA avait raison, mes douleurs étaient bien liées sans doute à mon passé. Je respirai profondément pour me détendre et la douleur s'estompa.

Grand-mère habitait toujours dans le même appartement et j'eus du mal à reconnaître le petit bout de femme qui se tenait devant l'entrée. Elle était toute voûtée et ses cheveux « gris argent » étaient longs, lui cachant une bonne partie du visage. La vieillesse l'avait bien rattrapée, les longues années de labeur y étant sûrement pour quelque chose.

Quand notre voiture stoppa devant l'immeuble, ses yeux qui lui avaient toujours donné un regard un peu froid, me semblèrent s'adoucir et un large sourire éclaira son visage tant ridé quand elle nous reconnut, enfin disons plutôt quand elle ME reconnut.

Je descendis très vite pour venir l'embrasser de peur qu'elle ait un malaise tant je la trouvais quand même bien pâle.

— Oh que je suis contente de te revoir Sylvie.
— Moi aussi, Grand-mère.
— Vous avez fait un bon voyage avec les enfants ?
— Oui, d'ailleurs viens que je te les présente : voici Gérard, Emilie, Bastian et la petite dernière Pauline.
— Mon dieu, qu'ils sont beaux et qu'ils ont l'air en bonne santé. Tous

les soirs avant de m'endormir, je regarde les photos que tu m'as envoyées.

— Dites bonjour à Grand-mère Marie, les enfants.

Un peu intimidés, ils embrassèrent tour à tour cette vieille femme qu'ils découvraient pour la première fois. Ils étaient impressionnés, alors pour détendre l'atmosphère, je proposai que nous rentrions dans l'appartement.

Il n'avait pas trop changé, toujours autant de bibelots, de dentelles sur tous les meubles. Elle n'avait pas menti, des tas de photos se trouvaient sur le buffet, des images d'enfants surtout, preuve que nous ne l'avions pas oubliée, et qu'elle recevait de nos nouvelles. Il y avait tous ses arrières petits enfants.

Elle nous avait préparé un bon repas : des coquillages en entrée, un rôti délicieux et un gâteau breton pour le dessert. L'ambiance était détendue, les enfants fatigués par le voyage étaient pour une fois assez calmes et nous laissaient parler de choses et d'autres, Grand-mère posant toutes sortes de questions sur notre vie. On ne l'arrêtait plus.

La nuit arrivant à grand pas, les enfants couchés, je prétextai d'aller chercher des livres à la cave pour m'éclipser et retrouver ma vieille malle. Elle était encore là, avec toujours autant de poussière, signe que personne d'autre que moi ne venait l'ouvrir et son contenu était le même. Toutes les lettres que j'avais lues étaient encore là. Il y avait juste un carton que je n'avais jamais ouvert, je le pris précautionneusement, car il était tellement vieux que le moindre geste brusque l'aurait sûrement déchiré. Que pouvait-il contenir ?

Je m'étais munie d'une lampe électrique pour lire tranquillement dans cette cave, je ne pouvais pas remonter avec, mon mari m'aurait posé trop de questions. Je n'avais pas envie pour l'instant de l'embêter avec mes recherches.

Je n'avais pas beaucoup de temps alors je l'ouvris et ma surprise fut grande d'y trouver, un hochet, une brassière blanche, un bracelet gravé au nom de Louis.

J'étais tombée sur les souvenirs de l'enfant mort prématurément. Le petit Louis décédé suite à la « mort subite du nourrisson ». Ayant eu trois enfants, je prenais conscience à sa juste valeur de la grande souffrance dans laquelle ma grand-mère avait dû être plongée après cette perte si soudaine et surtout si cruelle.

Il y avait également une photo, prise sans doute à sa naissance. Il était blond et souriait, il était beau. Quelle tristesse !

Une pochette noire était tapie au fond du carton : elle contenait le rapport de la police. Il y avait une vingtaine de pages, écrites à la machine à écrire et l'écriture jaunie par le temps s'estompait par endroit. Je pris la décision de remonter ce dossier et de le lire un peu plus tard, quand je me retrouverais seule.

J'eus l'occasion de l'être dès le lendemain, après le déjeuner quand Gérard décida d'amener les petits à la pêche aux crabes avec leur petit filet et leur seau, articles achetés avant de partir. Je voulais qu'ils éprouvent les mêmes sensations que celles que j'avais connues avec mon père.

Je prétextai du ménage à faire dans l'appartement et Grand-mère étant allée dans sa chambre pour sa sieste habituelle, je me retrouvai donc seule. Je pris la pochette que j'avais cachée dans un tiroir d'une commode.

Toute la nuit, j'avais pensé à ce rapport de police et j'étais vraiment impatiente d'en lire le contenu.

La première page était un rappel du lieu, date et heure de la découverte de la mort de l'enfant. S'ensuivaient les alibis de toutes les personnes concernées de près par cette mort.

Grand-mère était partie faire son marché et avait parlé à de nombreuses personnes dont les noms étaient mentionnés et qui avaient confirmé ses dires.

Mr LEBON, le père adoptif de Papa était à son travail comme tous les jours à cette heure-là. Il dirigeait une équipe de jeunes à la scierie du village.

Mon père âgé alors de quatre ans était à l'école.

L'enfant était donc seul à la maison. C'est au retour du marché que ma grand-mère découvrit le corps sans vie de son bébé. Il avait le teint bleu et ne respirait plus. Ses hurlements s'entendirent dans toute la rue et plusieurs personnes furent très rapidement auprès d'elle pour la soutenir dans ce moment dramatique. Tous étaient atterrés par la nouvelle. Que s'était-il passé ? Personne ne comprenait.

Et puis la police arriva et demanda aux villageois de rentrer chez eux, chacun étant convié à se rendre dans les bureaux de la police le lendemain pour faire leur déposition. La routine.

Après le constat du décès et la confirmation plus tard du docteur, une conclusion s'imposait toute seule : l'enfant avait succombé suite à un étouffement ressemblant à la mort subite du nourrisson.

Une petite mention écrite en rouge attira toutefois mon attention. Il était inscrit que des traces rouges étaient visibles au niveau du cou et dans le dos, mais que rien ne pouvait l'expliquer.

Il y avait ensuite toutes les dépositions des villageois, ceux qui avaient vu Marie au marché, Mr LEBON à la scierie, mais qui n'apportèrent pas plus d'éléments à l'enquête.

Celle-ci fut classée au bout d'un mois et le village oublia au fil du temps cette douloureuse affaire.

Je refermai la pochette, la descendis à la cave pour la ranger dans le carton et après un dernier coup d'œil dans la malle, je compris que plus aucun document n'avait échappé à ma lecture. Je n'apprendrais plus rien d'autre.

C'était cet évènement qui avait manqué dans le récit de mon passé à Mme BRENZA, elle ne s'était pas trompée, je l'avais enfoui comme beaucoup d'autres choses dans un recoin de mon inconscient.

C'était troublant de penser à ce petit bout de chou qui aurait dû être mon oncle. Plus troublant encore, sa mort. Pourquoi avait-il des traces rouges sur le corps ? Bizarre…

« Laisser le passé tranquille » cette phrase de la grand-tante me revenait sans cesse. Dans le cas présent, cela prenait une autre dimension si le petit n'était pas mort de mort naturelle. Mais mon obsession de la vérité n'influençait-elle pas mon jugement, et de quel droit pouvais-je penser une telle chose horrible. Ma psy pourrait sans doute me l'expliquer. Je décidai donc de ne plus penser à cet évènement et me concentrer désormais sur la recherche de l'identité du musicien… Et seulement sur cela.

Il fallait que je questionne ma grand-mère, mais c'était délicat, et je ne savais pas comment m'y prendre.

Je profitai le soir même d'être seule avec elle dans la cuisine, ma famille regardant la télévision, pour lui poser quelques questions.

— Grand-mère, je sais que papa a été adopté par Mr LEBON, et j'aurais aimé connaître le nom de mon vrai grand père.

— C'est Jean LEKERREC, un jeune de St Molf. Mais il n'a jamais voulu le reconnaître. Tu sais, c'est une histoire banale.

— Tu l'aimais ?

— Oh oui, ce fut mon premier amour et je crois le dernier.

— Tu n'as pas eu d'autres aventures ? On m'a parlé d'un musicien de passage.

— Un musicien ? me répondit un peu trop vite ma grand-mère. Pourquoi un musicien ?

— Je ne sais pas, c'est ce que l'on m'a dit.

— Qui « on » ? dit-elle un peu agressivement, il n'y avait que Jean dans mon cœur, que Jean. Allons-nous coucher, je suis fatiguée.

Elle me faisait comprendre qu'elle ne m'en dirait pas plus, mais son attitude me confirmait la véracité des propos de sa sœur. J'avais l'intention ce soir-là de lui parler également du bébé mort, mais c'était impossible maintenant, elle ne parlerait plus de son passé.

Trois jours plus tard, nous étions sur le chemin du retour.

Chapitre 2

St Molf – 15 mai 1985 – Le pardon

Le téléphone venait de sonner. Gérard décrocha alors que j'étais en train de faire la vaisselle. Mes oreilles étaient malgré tout tendues, curieuse de savoir qui nous appelait à cette heure tardive : il était quand même plus de vingt et une heures du soir, nous avions fini de manger.

— C'est qui ? demandai-je, impatiente.
— L'hôpital de Guérande
— Qu'y a-t-il ?
— Je vous la passe, ne quittez pas, dit mon mari.

Je m'essuyai vite les mains et pris le combiné des mains de mon mari nerveusement.

— Allô ? Oui… Je suis bien sa petite fille…. Depuis quand ? … D'accord, je vous remercie, je vais m'organiser du mieux que je peux. Je vous rappellerai demain. Bonne soirée.

Ma grand-mère avait été hospitalisée il y a quelques mois, pour insuffisance cardiaque. Je prenais régulièrement de ses nouvelles, mais apparemment les choses venaient d'empirer très rapidement et les infirmières avaient pris la décision de me prévenir pressentant arrivés ses derniers jours.

Il fallait que je m'organise, surtout à cause des enfants et appelai le lendemain ma mère pour qu'elle vienne à la maison me les garder.
J'appelai également mon frère qui n'habitait pas très loin pour lui demander d'essayer de s'arranger avec son travail pour m'accompagner. Je ne me sentais pas d'y aller toute seule. Ma sœur habitait désormais à Paris et je savais qu'elle ne prendrait jamais la voiture toute seule pour me rejoindre en Bretagne. Un simple coup de fil me le confirma.

J'avais très envie de revoir ma grand-mère avant qu'elle ne quitte cette vie qui ne l'avait guère gâtée, un peu par sa faute, un peu par « pas de chance ». Me livrerait-elle enfin avant d'emporter avec elle tous ses secrets, ce qu'elle avait refusé de m'avouer la dernière fois que l'on s'était vu.

Le temps de tout préparer, nous ne pûmes partir que deux jours après. Tous les jours, j'appelais pour avoir des nouvelles et elles n'étaient pas du tout rassurantes : elle avait du mal à parler et surtout à respirer.

Je passai prendre mon frère très tôt et au moment de repartir un chat noir passa devant la voiture.

— Cela porte malheur !!! m'écriai-je,
— Non, ne t'inquiète pas, cela va aller, me rassura mon frère.
— Tu as raison, je ne suis pas habituellement superstitieuse, mais ce voyage me rend nerveuse.

En fin de matinée, nous avions fait un bon quart de la route, et nous bavardions de tout et de rien, quand soudain un voyant rouge s'alluma sur le tableau de bord. Que se passait-il ? Pas de bruit suspect, pas de comportement bizarre. Je ralentis et roulai jusqu'à une aire de repos qui heureusement ne se trouvait pas trop loin. J'appelai mon mari qui passionné par les voitures avait été mené à faire très souvent de la mécanique. Il nous conseilla de remettre de l'eau, de vérifier le niveau d'huile et de rouler doucement pendant quelques kilomètres pour voir si les voyants ne s'allumaient plus. Ce qui fut le cas.

Nous nous arrêtâmes pour déjeuner dans un self-service, mais nous ne nous y attardâmes pas, la route était encore longue et nous avions pris déjà du retard.

Nous roulâmes sans problème pendant encore 200 km, lorsque soudain le voyant rouge se ralluma. Nous étions à 1 km de la prochaine sortie et nous décidâmes de sortir de l'autoroute pour essayer de trouver un garage. Nous avions trop de route encore à faire pour continuer ainsi. Il fallait trouver ce qui se passait sous ce capot.

Par chance, le premier garage ouvert accepta de la prendre en charge assez rapidement. Mais il y en avait quand même pour quatre bonnes heures d'attente. Nous décidâmes d'en profiter pour nous désaltérer et visiter le village qui nous accueillait si gentiment.

Je ne pouvais m'empêcher de penser au chat noir de ce matin…

Nous reprîmes donc notre route en fin d'après-midi. La route étant encore longue, je prévins l'hôtel où nous avions réservé que nous arriverions dans la nuit.

C'est, épuisés, que nous entrâmes dans St Molf, où pratiquement toutes les maisons étaient « endormies », volets fermés, aucune lumière ne filtrant à travers le bois, pas de feu de cheminée. Nous trouvâmes facilement l'hôtel, il n'y en avait qu'un et très vite le sommeil nous gagna, nous avions une dure journée le lendemain.

Réveillés par le carillon de l'église, nous descendîmes prendre le petit-déjeuner en attendant l'heure des visites de l'hôpital. Les personnes autour de nous, sûrement des touristes, discutaient bruyamment et j'enviais leur insouciance. Moi, j'avais un nœud au creux de l'estomac et avais du mal à avaler mon croissant.

L'hôpital était très vieux et ne donnait pas envie d'y être admis, mais quand nous nous engageâmes dans le service de gérontologie où devait se trouver Grand-mère, la propreté des lieux et l'amabilité du personnel nous firent changer d'avis. Les chambres n'étaient occupées que par des personnes âgées. Au fond du couloir, je la reconnus de suite, mais ce fut un choc : elle était devenue une petite vieille toute recroquevillée et avait beaucoup de mal à marcher. Deux infirmières la soutenaient et l'obligeaient à avancer.

Quand nous fûmes très près, je l'interpelai :
— Grand-mère, on est là.

Elle ne répondit pas, mais redressa la tête et toute la souffrance qu'elle devait endurer depuis quelques mois, se lut dans ses yeux. Elle essaya de sourire, mais même cela semblait lui être difficile. Nous suivîmes alors le groupe jusqu'à sa chambre où on l'installa doucement dans son lit. Est-ce parce que nous étions présents que tant de gentillesse lui était prodiguée ? Tout le monde connaît les conditions de vie des personnes âgées, seules, loin de leur famille. Je ne pense pas qu'elle échappait à cet état de fait.

J'essayai d'entamer une discussion, mais elle avait déjà fermé les yeux et on sentait bien qu'elle avait du mal à respirer. Sa petite promenade avait dû l'exténuer.
Nous attendîmes une bonne heure avant de la voir bouger et se réveiller.

Elle regarda tout autour d'elle et eut l'air surprise de nous voir. Elle n'avait pas réalisé tout à l'heure que c'était nous.

— J'ai soif, murmura-t-elle d'une voie à peine audible.
— Attends je te donne cela.
— Il y a longtemps que vous êtes là ?
— Nous sommes arrivés hier soir. Comment te sens-tu ?
— Très fatiguée, je n'en ai plus pour très longtemps à vivre.
— Mais non, nous allons bientôt te ramener chez toi.
— Non, je ne crois pas, et en parlant de cela, j'aimerais bien que vous alliez chez moi me récupérer des affaires pour me changer. Peux-tu prendre

mon linge sale qui est dans l'armoire ?

— Oui bien sûr. Qui a les clés de ton appartement ?

— Demandez à ma voisine de palier, c'est elle qui fait le ménage.

— D'accord, nous allons la rencontrer, il faut que tu te reposes. Nous reviendrons dans une petite heure pour t'aider à prendre ton souper.

— Merci, je veux bien.

Je retrouvai facilement son appartement, il n'avait pas changé, toujours situé entre une boulangerie et une petite maison au style bien breton.

La voisine était bien là et elle nous donna les clés sans problème, mais son regard était méfiant et un peu interrogateur.

— Comment va votre grand-mère aujourd'hui ?

— Pas très bien, elle est très fatiguée et surtout lasse de vivre, je crois.

— Vous avez bien fait de venir, elle vous attend depuis tellement longtemps, nous dit-elle et dans sa voix, on sentait un certain reproche.

— Oui je sais, mais dans la vie on ne fait pas toujours ce que l'on veut, lui répondis-je peut-être un peu sèchement car elle me répondit :

— Oui, oui et vous habitez si loin.

— C'est sûr. Merci pour les clés, nous vous les redonnerons lorsque nous repartirons. Nous pensons rester quelques jours pour résoudre tous les problèmes dus à son hospitalisation. On nous a fait comprendre qu'elle ne reviendrait plus dans cet appartement et qu'il fallait le résilier, et par conséquent le vider de tous ses meubles et ses affaires.

— Je pense que certaines personnes du village seraient peut-être intéressées par certains meubles. Vous devriez organiser une petite vente, je vous aiderai en avertissant les gens.

— C'est très gentil de votre part. Oui, je pense que c'est une bonne idée. Nous allons commencer aujourd'hui par son linge, car elle en réclame du propre. Y a-t-il un pressing dans le coin ? J'ai également tout son linge sale.

— Donnez-le-moi, j'ai l'habitude de laver son linge et de le repasser.

— Merci beaucoup, mais je ne voudrais pas abuser.

— Votre grand-mère est si gentille, c'est normal.

Je n'eus pas envie de répondre à cette dernière phrase et jetant furtivement un coup d'œil du côté de mon frère qui n'avait pas encore dit un mot, mais qui ne devait pas en penser moins, nous prîmes congé poliment de cette dame.

Grand-mère était appréciée dans ce village et sûrement considérée comme la petite grand-mère seule, abandonnée par ses petits-enfants depuis qu'elle n'avait plus son fils. Mais connaissaient-ils sa vie et le mal qu'elle avait fait à certaines personnes dont mes parents. Nous avions pardonné, mais certains souvenirs nous empêchaient de faire plus que ce que nous faisions.

L'appartement était rangé et sentait le propre. Nous comptions coucher là ce soir, ce serait plus simple pour ranger ses affaires et faire peut-être du tri.

Je pris quelques affaires dans l'armoire de sa chambre et fus surprise d'y trouver de nombreuses robes dont une qui attira mon attention : elle était noire et semblait neuve, car il y avait encore l'étiquette du magasin. Avait-elle eu l'intention de venir aux obsèques de son fils ? Et si oui, pourquoi ne l'avait-elle pas fait ? J'avais été choquée de ne pas la voir ce jour-là, c'était son fils unique qu'elle venait de perdre et elle ne faisait pas l'effort d'assister à son enterrement. C'était une des choses que j'avais eu du mal à lui pardonner. Sans doute n'avait-elle pas pu tout simplement, parce qu'elle était loin et n'avait personne pour l'amener.

— Il nous faudrait des cartons pour trier tout ce qu'il y a.

— On en trouvera au supermarché de Guérande.

— Et pour la vente aux enchères, on fait quoi ?

— On n'a qu'à mettre des étiquettes sur chaque meuble et y inscrire un prix. Ce qui va être le plus dur, c'est de mettre des prix corrects.

— Grand-mère a de l'argent ? Comment allons-nous payer les frais de l'hospice ?

— Je crois qu'elle est prise entièrement en charge, mais je crois également qu'elle a de l'argent sur un livret de la poste. Ces papiers doivent bien être quelque part, cherche avec moi dans tous les tiroirs.

Au bout de quelques minutes, je tombai sur une chemise où se trouvaient apparemment tous ses papiers bancaires. Je ne m'étais pas trompée, elle avait un peu d'argent sur son livret, assez pour assurer les premiers frais non-remboursables.

— Ça y est, j'ai trouvé les papiers. J'irai demain à la banque pour voir comment on peut procéder désormais. Il faut que Grand-mère nous fasse une procuration.

— On fait la vente quand ?

— Qu'est-ce que tu en penses si je te dis demain ?

— Ça me va, il faudra prévenir la voisine en partant.

— Ok.

À mon retour à l'hôpital, seule car mon frère était resté pour finir les étiquettes et continuer à trier des livres, un mauvais pressentiment m'envahit en voyant plusieurs infirmières à l'entrée de la chambre de grand-mère.

— Que se passe-t-il ? demandai-je d'une voix mal assurée.

— Nous sommes navrés, votre grand-mère est décédée.

— Non, m'écriai-je, je voulais lui demander encore tant de choses. Je n'ai pas eu le temps de lui dire au revoir.

— Désolée, me dit une jeune infirmière en s'approchant de nous. Si cela peut vous consoler et vous aider, votre grand-mère m'avait confié une lettre à remettre à sa famille la plus proche s'il lui arrivait quelque chose. Cela avait l'air important pour elle.

— Je suis sa petite-fille.

— Eh bien, je vais la chercher et je vous l'apporte.

— Merci.

— De rien, je tiens ma promesse, c'est tout.

— Puis-je la voir ?

— Oui bien sûr.

Dans sa chambre, la lumière était très faible, les volets avaient été fermés, mais on distinguait bien ses traits figés dans la mort. Elle avait l'air reposée et je pensai à cet instant qu'elle allait peut-être retrouver son fils, là-haut, ce fils qu'elle avait tant aimé, sans se rendre compte peut-être qu'elle lui avait fait parfois du mal.

Je déposai un baiser sur son front et lui dis adieu.

La lettre dans ma poche, je décidai de rentrer à l'appartement rejoindre mon frère. Je ne l'ouvrirais qu'en sa présence. J'osais espérer que son contenu répondrait aux questions que je me posais depuis si longtemps et qui mettraient fin à ma quête sur mes origines.

La lettre disait seulement ceci :

« *Mes Chers Enfants,*

Lorsque vous lirez cette lettre, je ne serai plus de ce monde. Je n'ai pas toujours fait du bien dans ma vie et je vous en demande pardon, mais j'aimais mon fils et vous, ses enfants, étiez tout ce qui me restait. Ne me jugez pas trop vite, ma vie a été si difficile.

Votre grand-mère Marie

P.S. : Sylvie, tu trouveras peut-être les réponses à tes questions dans une enveloppe cachée au fond du 3ème tiroir de la commode en merisier. »

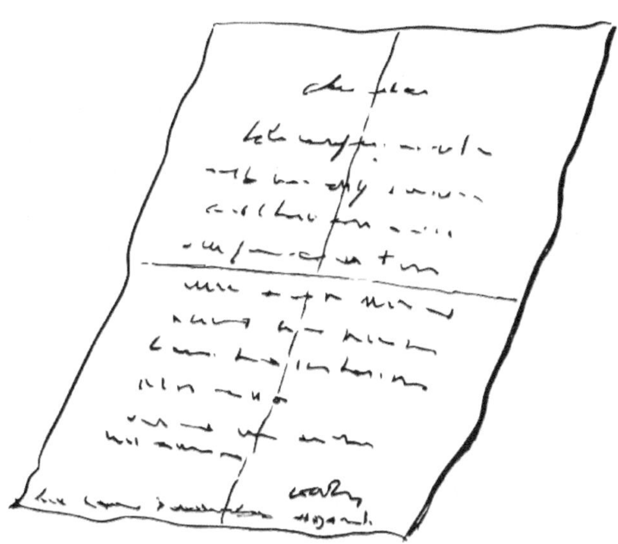

Je ne pus empêcher quelques larmes couler le long de mes joues. Mon frère avait également les yeux humides. Elle avait toujours compris qu'on la jugeait mal et elle nous en demandait pardon.

Jamais je n'aurais pensé qu'elle était au courant de mes recherches et l'importance que cela avait eu dans ma vie. Elle m'offrait au-delà de sa mort un beau cadeau.

Je me dirigeai impatiente vers la commode concernée et au fond du tiroir se trouvait bien une enveloppe. Elle était jaunie par le temps et on avait du souvent la manipuler, car elle était dans un piteux état. Mes mains tremblaient.

Mon frère comprit que j'avais besoin d'être seule et prit le prétexte d'aller chercher des cigarettes. Je l'en remerciai par un signe de la tête.

Et j'ouvris l'enveloppe : elle contenait une feuille de papier pliée en quatre. Je la pris précautionneusement, la dépliai et compris tout de suite que c'était une lettre adressée à Grand-mère, l'écriture était maladroite mais la signature ne laissait aucun doute quant à son auteur :

« Marie,

J'étais revenu en espérant que tu m'accorderais un peu de ton temps. Je n'arrive pas à oublier ce que nous avons vécu, même si cela fut bref.

Tu es enceinte et tu m'as dit que cet enfant n'était pas de moi. Je crois que tu m'as menti. Je comprends que ta position ne doit pas être des plus confortables dans une telle situation. Je sais que tes parents te cachent tellement ils ont honte.

Je voudrais que tu saches que je te respecte et que je n'irai pas à l'encontre de tes désirs, mais je vais te donner mon adresse pour que tu puisses me joindre si un jour, tu as besoin de moi. Tu pourras toujours compter sur moi.

Je t'embrasse affectueusement

Celui qui un jour t'a vraiment aimée…

Loïc, le musicien »

En bas de la lettre se trouvait une adresse :

Mr CORNIC Loïc, 13 rue de la grande roue, GUERANDE

Et voilà, il existait bien ce musicien… Et il pouvait être notre grand-père.

Cette révélation, hypothèse confirmée, me bouleversait. Cependant, cette lettre mettait un doute sur le géniteur de mon père. Qui était-il ? Jean ou Loïc.

Jean s'était marié et avait fait sa vie loin de grand-mère, il n'avait jamais reconnu sa paternité. Mon père aurait pu le rechercher, mais il n'avait rien fait. Avait-il eu tous les éléments en main ?

Loïc, lui, aurait assumé, mais Grand-mère l'avait ignoré.

Je sus à ce moment-là ce qu'il me restait à faire : retrouver ce musicien et en parler avec lui. Mais était-il encore vivant ?

Quand mon frère revint, je lui fis part du contenu de la lettre et il approuva ma décision. Lui n'avait jamais eu de problème par rapport au nom qu'il portait, et je pense qu'il ne devait pas toujours comprendre ce que je ressentais vraiment, mais il avait aussi envie de savoir… Sa femme attendant un troisième enfant : un garçon…

Deux jours après, nous avions liquidé toutes ses affaires, rendu les clés de l'appartement à la mairie, réglé les frais d'obsèques avec l'argent qu'elle avait mis de côté.

Son enterrement restera dans mon esprit comme un moment très douloureux pour nous, non par la peine que nous éprouvions, mais par l'hostilité que tous les villageois nous montrèrent.

Le sermon d'un des villageois fut à la hauteur de ce mépris envers nous. Il nous fallut beaucoup de force pour ne pas sortir de l'église avant la fin de la cérémonie.

En résumé, une femme avait dit que Grand-mère était une vieille femme seule, très aimée par tous tant elle était gentille. Elle avait, il paraît, de la famille quelque part en Provence, représentée aujourd'hui par deux de ses petits-enfants, mais elle ne les voyait pas souvent…

Notre colère était grande en sortant de l'église et je ne pus m'empêcher d'aller trouver le prêtre dans son presbytère pour lui exprimer mon désarroi :

— Mon père, excusez-nous, je voudrais juste vous dire qu'il est vrai que nous avons un peu délaissé notre grand-mère, seule dans ce village, mais elle a toujours refusé de vivre avec nous lorsque son fils est mort. Elle a beaucoup fait de mal à ma mère, mais mon père nous a demandé de lui pardonner. Ce que nous avons fait en ne rompant pas complètement les ponts avec elle. Nous habitons très loin et nous avons de jeunes enfants, cela n'a jamais été facile de venir la voir.

— Oui, je comprends. Marie s'est confiée à moi un jour, je sais tout ce qu'elle a fait au cours de sa longue vie qui ne l'a pas malgré tout épargnée. Elle ne vous en voulait pas. Le pardon est chose difficile et si vous êtes ici aujourd'hui, c'est que vous le lui avez accordé. Ne faites pas attention à ce que pensent les villageois, ils se défendent entre eux. Ils ne savent pas tout, d'où leur erreur de jugement.

— Merci mon père pour ces paroles.

— Allez en paix, que Dieu vous bénisse.

Nous reprîmes la route le lendemain non sans être passés une dernière fois nous recueillir sur la tombe de notre Grand-mère Marie. J'avais le sentiment que nous avions fait enfin la paix avec elle. Nous avions le cœur lourd mais apaisé par les paroles du prêtre.

Il ne me restait plus qu'une chose à faire pour trouver vraiment le repos : retrouver ce musicien. J'avais pris avec moi plusieurs chemises contenant divers papiers qui pourraient peut-être m'aider dans cette recherche.

Mon intuition me disait que c'était lui notre grand-père.

Le retour fut moins long, mais plus éprouvant, car nous étions fatigués nerveusement.

Je déposai mon frère et lui promis de le tenir au courant sur mes recherches.

J'avais hâte d'entamer celles-ci, mais j'avais peur de ne rien trouver ou de me heurter à l'impossible, car il devait bien avoir plus de 85 ans, peut-être même 90 ans.

Si près du but, cela serait dommage d'apprendre qu'il était mort. Il fallait donc faire vite.

Chapitre 3

Salon-de-Provence – 20 mai 1985 – La recherche

À l'époque Internet n'existait pas, nous avions juste le minitel pour trouver un numéro de téléphone avec une adresse. Ce que je fis dès mon retour à la maison.

« Loïc CORNIC ,13 rue de la grande route, GUERANDE »

Dès que j'eus appuyé sur la touche « entrée », mon cœur se mit à battre plus fort… Pourvu qu'il y ait une réponse. Avec sa lenteur habituelle, le minitel m'afficha enfin un numéro de téléphone. C'était bon signe.

— Chéri, ça y est, j'ai un numéro de téléphone.
— Ne crie pas victoire si vite, les numéros de téléphone ne sont mis à jour que tous les trois ans, je crois.
— Je vais appeler de suite.

Ce que je fis sans tarder.
La sonnerie émit cinq longs sifflements et un message arriva :
« Il n'y a personne au numéro que vous demandez, veuillez consulter l'annuaire. »

Oh ! Pas de chance. Soit il avait déménagé, soit vu son âge, il était dans une maison de retraite ou à l'hôpital, la solution la plus triste étant qu'il soit mort.

Je voulais rester optimiste donc je choisis la deuxième possibilité : la maison de retraite. Le travail allait être laborieux. Il fallait que j'appelle toutes les maisons de retraite de Guérande et de ses alentours. Mais ma détermination était assez forte pour que je me mette à la tâche rapidement.

À chacun de mes coups de fil, je demandais :

— Auriez-vous un certain Loïc CORNIC dans votre établissement ? Je suis une parente lointaine et j'aimerais le revoir.

Il me fallut attendre le trentième coup de fil pour enfin entendre :
— Oui, Madame, nous avons bien ce monsieur chez nous depuis un an. Je croyais qu'il n'avait plus de famille.
— Euh si… Mais il ne m'a jamais vue. Pourrais-je le rencontrer ?
— Je ne sais pas, il faut que je lui demande s'il veut bien vous recevoir.

Quel est votre nom s'il vous plaît ?

— Sylvie DORET, mais mon nom ne lui dira rien. Dîtes lui seulement que je suis la petite fille de Marie de St Molf. Je pense qu'il comprendra et qu'il ne refusera pas de me voir.

— Rappelez-moi demain, je vous donnerai la réponse. Demandez Brigitte.

— Merci bien, à demain alors.

Un grand pas venait d'être franchi. Je m'approchais du but. Il ne pouvait pas ne pas se rappeler de Marie. Il avait du tellement l'aimer.

La journée et la nuit furent longues. Mon mari et mes enfants s'étonnaient de me voir si active dans la maison. Faire le ménage m'empêchait de trop penser.

Dès le lendemain matin, après un petit-déjeuner pris à la va-vite, je pris mon téléphone et d'une main tremblante, je composai le numéro de la maison de retraite qui s'appelait « la maison des Bretons » et qui se trouvait en fait dans Guérande. Lui le baroudeur était venu finir sa vie dans sa ville natale.

— Allô ? Je suis bien à « la maison des Bretons » ?
— Oui que puis-je pour vous ?
— Je voudrais parler à Brigitte.
— Ne quittez pas, je vous l'appelle.

Je dus attendre deux bonnes longues minutes avant de reconnaître la voix nasillarde de celle qui allait prendre mon destin en main.

— Oui, bonjour, je suis Brigitte.
— Bonjour, je vous ai appelé hier pour rencontrer Mr CORNIC.
— Ah oui, eh bien, il veut bien vous rencontrer, mais je vous préviens, il est âgé et les visites ne doivent pas s'éterniser d'autant plus qu'il a été très bouleversé par votre demande.
— Il n'y aura pas de souci, je respecterai son état de santé. Quand serait-il possible de venir ? Je n'habite pas tout près et il faut que je m'organise pour faire ce long voyage.
— Dès que vous le pouvez, vous me prévenez la veille et ce sera bon.
— Merci beaucoup, je vous tiens au courant.

J'étais dans un tel état d'excitation qu'il me fallut m'allonger un quart d'heure pour reprendre mes esprits. J'avais vraiment le sentiment d'arriver au bout d'une longue, très longue quête qui me libérerait à tout jamais de mes interrogations et me permettrait d'avancer sereinement dans ma vie.

Il fallait que je retourne en Bretagne et ce n'était pas si simple que cela. Les enfants avaient repris le chemin de l'école et je ne pouvais pas trop compter sur mon mari pour s'occuper des devoirs le soir. Il avait un travail bien trop prenant et il rentrait tard.

Je décidai donc d'attendre les vacances de la Toussaint pour organiser ce voyage vers la vérité. Attendre donc encore un mois. Mon frère accepterait bien de me garder les enfants quelques jours.

— Allô, Romuald ? Tu vas bien ? Écoute, j'ai retrouvé la trace du musicien, mais il faut que je retourne à Guérande pour le rencontrer.

— Ah super, c'est une bonne nouvelle, je suis content. Toi aussi, je suppose ?

— Oh oui, tu ne peux pas savoir. Mais le problème est que je ne peux pas partir maintenant, il y a l'école. Par contre pendant les prochaines vacances pourrais-tu me garder les enfants deux ou trois jours ?

— Je pense qu'il n'y aura pas de souci, mais je vais quand même demander à Dany.

— C'est normal tiens moi au courant. Bisous.

Une fois cette chose faite, je pris du temps pour organiser mon expédition. Il fallait de plus que je réfléchisse à ce que j'allais lui dire. Ce n'était pas évident après tant de temps. Le fait qu'il ait accepté de me voir était une bonne chose, il avait encore toute sa tête apparemment ou du moins, ses souvenirs n'étaient pas tous altérés.

Il y avait également un point qu'il fallait que je résolve :
Comment savoir s'il était vraiment notre grand-père ? Aujourd'hui, on pratique le test de l'ADN, mais mon père étant mort, il faudrait le déterrer. Rien que d'y penser, j'en avais froid dans le dos. Il restait la possibilité de comparer les groupes sanguins. Mais il faudrait avoir celui de ma grand-mère et de mon père.

Je téléphonai aussitôt à ma mère pour savoir si elle avait gardé toutes les analyses faites à mon père quand il était malade. Il devait bien y avoir eu une recherche de groupe sanguin. En effet, elle me répondit qu'elle connaissait bien son groupe, car il faisait partie du groupe le plus répandu : A+

Il ne me restait plus qu'à trouver celui de la grand-mère. Cela risquait d'être plus difficile.

Et puis je pensai aux papiers que j'avais ramenés et rangés dans un coin de mon bureau. Je n'avais pas encore pris le temps de les lire, c'était aujourd'hui le moment ou jamais.

Beaucoup d'entre eux étaient des relevés bancaires sans grande importance maintenant. Je les triai et les mis à la poubelle. D'autres concernaient des documents officiels tels que l'acte de naissance de mon père, l'acte de mariage, l'avis de décès de Mr LEBON. Je les mis dans une chemise et la rangeai soigneusement dans un de mes tiroirs personnels. Le reste me parut plus intéressant ou du moins correspondant plus à ce que je cherchais : des actes de biologie, des ordonnances. Certains dataient, mais un acte assez récent avait été fait sûrement pour une transfusion éventuelle quand elle avait été admise à l'hôpital.

Son groupe sanguin était mentionné et je fus étonnée de voir qu'il était du groupe rare : O-. Les personnes possédant ce groupe sont considérées comme donneur universel, ils sont compatibles avec tous les autres groupes sanguins.

Je fis des recherches à la bibliothèque municipale pour comprendre comment fonctionnaient les groupes sanguins pour les descendances. Le fait que ma grand-mère fut du groupe O- et mon père A+ rendirent les choses plus faciles. La seule solution pour être le père était d'être soit du groupe A soit du groupe AB. Les groupes B ou O interdiraient toute paternité possible.

Et bien, il n'y avait plus qu'à connaître celui du musicien.

Le jour tant attendu arriva plus vite que je ne le pensais, le premier trimestre scolaire des trois enfants m'avait beaucoup occupé l'esprit. De plus, je donnais des cours de Maths à mes petites voisines, en plus de tout le travail que me procuraient la maison et ma petite famille.

Chapitre 4

Guérande – 20 octobre 1985 – Les retrouvailles

Je fis le voyage en train pour ne pas revivre les mésaventures de la dernière fois et pour arriver en meilleure forme. Un taxi m'amena à la maison de retraite qui située en plein centre de la ville revêtait un caractère féodal comme toutes les maisons entourées de remparts si particuliers.

L'infirmière répondant au nom de Brigitte était là pour m'accueillir, un coup de fil la veille l'ayant avertie de mon arrivée. Il faisait beau et elle me dirigea vers un petit jardin où des bancs étaient installés sous des arbres dont je ne reconnus pas l'espèce.

Elle me montra du doigt, au fond du jardin, un vieux monsieur, barbu, portant un chapeau très usé et un long manteau noir. Il était assis sur un tronc d'arbre et jouait du violon. Dans mes souvenirs, il me semblait qu'il jouait de la guitare, il avait dû avoir envie de changer d'instrument.

C'était émouvant pour moi qui avais pratiqué cet instrument quand j'étais très jeune.

Timidement, je m'approchai de lui, ne voulant pas l'interrompre dans ce moment de partage avec la musique. Le son qui se dégageait était agréable à entendre et j'attendis qu'il ait fini de jouer pour me manifester.

J'étais près d'un inconnu qui pouvait être mon ancêtre.

Quand il posa son violon par terre, je m'assis à côté de lui, tout doucement pour ne pas le surprendre et l'effrayer.

—Bonjour, je ne vous dérange pas ? demandai-je d'une voix peu assurée.

—Non pas du tout, on m'a prévenu qu'une dame voulait me voir, je vous attendais, me répondit-il, lui apparemment très calme.

—Je me présente, je suis Sylvie, la petite fille de Marie que vous avez connue, je crois il y a très longtemps.

Je le sentis tressaillir et prendre une grande inspiration avant de me répondre :

— Oui Marie, murmura-t-il, je l'ai rencontrée lors d'une fête du 14 juillet, elle était très belle mais très triste, son ami venait de la quitter. J'ai eu envie de la consoler et nous avons fini dans les bras l'un de l'autre.

— Qu'est-il arrivé ensuite ?

— Nous avons passé la nuit ensemble, mais le lendemain matin, elle m'a rejeté me disant que cela avait été une erreur, qu'il fallait que je l'oublie.

— Avez-vous réussi ?

— Non, trois mois après, je suis revenu au village pour la voir. Ce fut très difficile, ses parents la séquestraient. Je pus cependant lui parler grâce à une amie et je compris alors le motif de cette captivité : elle était enceinte.

— De qui était-elle enceinte ? fis-je en feignant ne pas connaître toute l'histoire.

— C'est là qu'est le problème, je ne sais pas vraiment. Je me suis toujours persuadé que j'étais le père de cet enfant, mais elle m'a repoussé ce jour-là. Elle ne voulait pas de moi. Je l'aimais trop alors j'ai respecté sa décision. Je suis reparti.

— Vous ne l'avez plus jamais revue ?

— Euh… non ! Enfin, oui, je suis revenu cinq ans plus tard, mais je ne l'ai vue que de loin. Je l'ai regretté…

Ces dernières phrases, il avait eu du mal à les sortir. Je mis cela sur le compte de l'émotion.

— Vous voulez que je m'en aille, vous avez sans doute besoin de vous reposer, je reviendrai demain.

— Oui, revenez demain, s'il vous plaît. Je ne sais pas si vous êtes ma petite fille, mais je vous trouve très gentille. Et puis…

— Oui ?

— Demain, je vous avouerai quelque chose… Demain...

— D'accord. Passez une bonne fin de journée.

— Vous aussi. Au revoir… Sylvie.

— Au revoir.

Je me retirai, très troublée par notre conversation brève mais intense. Tout coïncidait dans son récit avec ce que j'avais découvert à travers des lettres, des récits.

Mais il y avait quelque chose de plus qu'il voulait m'apprendre. Je le saurai le lendemain.

En attendant, avant de quitter l'hôpital, je demandai à Brigitte s'il était possible de connaître le groupe sanguin de ce Monsieur.

— Il me faut son accord. Je lui demanderai s'il veut bien.
— Merci. À demain.

La nuit fut longue d'autant plus que j'avais réservé une chambre tout près du chemin de fer. Cinq trains étaient passés en pleine nuit et ne dormant pas, je m'imaginais qui pouvaient être dans ces trains et quelles étaient leurs destinées. Celle de ma grand-mère avait été rocambolesque et pleine de rebondissements, souvent dramatiques malheureusement pour elle.

Elle avait aimé un seul garçon, Jean, et celui-ci lui avait tourné le dos. Enceinte, elle avait été rejetée par sa famille, cachée pendant sa grossesse. Elle avait eu une incertitude sur la paternité de son enfant. La nuit qu'elle avait passée avec le musicien avait mis le doute dans son esprit. Son cœur voulait cependant que ce soit Jean et elle en avait convaincu tout son entourage, sauf peut-être Jean lui-même qui s'était marié quelques années plus tard et qui n'avait jamais voulu reconnaître l'enfant que portait Marie. Avait-il eu raison ?

Chapitre 5

Guérande – 21 octobre 1985 – La confession

Le lendemain, je me levai très tôt, j'avais très mal dormi, mais j'étais prête à affronter cette journée.

Le vieil homme était assis à la même place et je n'eus pas trop de mal à le trouver.

— Bonjour, vous avez bien dormi ?

— Oui, comme une personne âgée qui a mal de partout, dit-il sur le ton de la plaisanterie.

— Moi les trains m'ont dérangée, mais ça va, je récupérerai vite.

— Asseyez-vous près de moi, petite. Puis-je vous appeler Sylvie ?

— Bien sûr. Nous sommes peut-être de la même famille. Et en parlant de cela, accepteriez-vous que l'on recherche votre groupe sanguin. Cela pourrait nous aider à savoir la vérité.

— Je ne sais pas si je veux savoir la vérité en fait, mais si pour vous cela est important, je suis d'accord. J'ai déjà dit oui à l'infirmière qui me l'a demandé. Vous repartez quand ?

— Je ne sais pas encore, mais je resterai le temps qu'il faudra.

— Au fait, comment m'avez-vous découvert ?

— J'ai eu en ma possession la lettre que vous aviez laissée à ma grand-mère dans laquelle vous donniez votre nom et votre adresse.

— Ah oui, je m'en rappelle comme si c'était hier, je ne savais plus quoi faire. Je voulais juste qu'elle sache que j'étais prêt à assumer mes actes.

C'était plaisant de discuter avec cet homme, de cinquante ans mon aîné, il m'était sympathique et je me pris à rêver que c'était bien lui mon grand-père. Il me tira de ma rêverie brusquement.

— J'ai un aveu à vous faire, mais promettez moi avant, de ne révéler à personne ce que je vais vous raconter.

— Promis, répondis-je, soudain très attentive.

— Je vous fais confiance. Je suis content de pouvoir soulager ma conscience avant de partir dans un autre monde. Toute ma vie, j'ai prié pour que quelqu'un me pardonne mes actes. Vous êtes là aujourd'hui et vous avez mis tellement de cœur à l'ouvrage pour me retrouver que c'est à vous que je vais me confesser.

— Mais qu'avez-vous fait de si mal ?

Se prenant la tête dans les mains, il commença à parler d'une voix tellement imperceptible, que seule ma proximité me permettait d'entendre :

— Maintenant, écoutez ce que je vais vous confier, ne m'interrompez pas, cela est déjà si dur.

« Quand je suis revenu cinq ans après au village de St Molf, je ne vous ai pas menti, hier, j'ai bien vu Marie, mais de loin.

Mes intentions étaient d'essayer de la revoir elle et son enfant, pour voir ce qu'ils étaient devenus. Je ne voulais pas les perturber, juste les voir de loin si possible.

J'avais appris par le journal qu'elle s'était mariée et cela m'avait profondément attristé, je ne mangeais plus, mes nuits étaient de véritables calvaires où tous mes souvenirs se mélangeaient, la guerre, Marie, l'enfant... Un matin, je m'étais réveillé en me disant qu'il fallait que je retourne la voir...

Je ne voulais pas être aperçu par les villageois, ne désirant pas provoquer des ragots qui pourraient la nuire, alors je m'étais dirigé vers la maison de ses parents que j'avais repérée avant de quitter le village la dernière fois, en passant par les bois qui entouraient les maisons.

Arrivé près de la maison, une vieille ferme aux volets défraîchis, entourée d'un jardin bien fleuri, je ne vis personne...
Je ne savais pas si je pouvais la trouver là, mais je décidai d'attendre un peu, caché derrière un arbre.

J'ai attendu longtemps et j'étais sur le point de partir quand j'ai entendu les cris d'un bébé.

Alors là, je ne sais pas ce qui s'est passé dans ma tête, sûrement trop de frustration, trop de souffrances accumulées pendant et après la guerre, j'ai ouvert le portail et je me suis précipitai dans la maison vers ces cris sans réfléchir.

La porte d'entrée était ouverte et je n'eus pas de mal à trouver d'où venaient ces pleurs.

Mon esprit était tellement brouillé à ce moment-là, que j'ai cru que l'enfant que je voyais là dans son berceau était le mien. Une envie irrésistible m'a poussé à le prendre dans mes bras.
Il s'est calmé et m'a souri. Je l'ai alors serré très fort sur moi et je me suis mis à chanter. Ce moment était merveilleux pour moi, je tenais enfin dans

mes bras la chair de ma chair.

Ce moment magique passé, je desserrai mon étreinte et là, ce que je vis me jeta dans un effroi indescriptible. L'enfant était violacé, il avait les yeux exorbités. Je l'avais étouffé sans le vouloir. J'avais tué mon enfant !

Et puis, c'est en reposant ce corps inerte dans son berceau que je réalisai tout d'un coup : cinq ans étaient passés, il ne pouvait être mon enfant, c'était l'enfant d'un autre forcément. Mon enfant devait avoir presque quatre ans aujourd'hui...

J'étais devenu un assassin, j'avais ôté la vie d'un petit être innocent. Mais je ne l'avais pas voulu, c'était un accident.»

Le vieil homme s'arrêta de parler et se mit à pleurer, tout doucement puis de vrais sanglots lui montèrent à la gorge. Moi, j'étais abasourdie, mais tout se recoupait à présent. Le mystère de la mort de ce bébé était enfin résolu. Mais quel choc, ce bébé victime d'un amour fou !

Je n'arrivais pas à sortir un seul mot, mes pensées s'affolaient dans ma tête, tout se brouillait et la quête sur mes origines tournait au cauchemar. J'aurai préféré ne rien savoir.

Maintenant tout était dit et il fallait prendre une décision, seulement, j'avais promis de garder le secret. Et puis j'étais de nouveau confrontée à cette phrase : « laissez le passé là où il est… ». Cela m'aura poursuivi toute ma vie, mais aujourd'hui cette phrase avait tout son sens.

Le vieil homme me stoppa dans mes pensées, il avait retrouvé la force de continuer à parler.

— Pardon pour ce que j'ai fait, ce fut dans un moment de folie, et j'ai payé le prix fort, car jamais je n'ai pu oublier le cri affreux que Marie a poussé en découvrant son bébé mort dans son berceau. Je ne m'étais pas résolu à quitter les lieux sans la voir et je m'étais tapi dans le fond du jardin, le ventre tellement noué que je me demande comment je n'avais pas hurlé aussi fort qu'elle. Pas un jour ne s'est écoulé sans que j'en demande pardon au monde entier, mais je me suis réfugié dans ma musique et je suis resté prisonnier de mon secret. Je me promis de vivre le restant de ma vie seul.

— Que puis-je vous dire ? Plus personne ne pourra refaire revivre ce petit bout de chou, le frère de mon père. Votre acte a rendu malheureux beaucoup de personnes, ma grand-mère, le père de l'enfant qui se mit à boire et enfin mon père qui dut subir toute cette souffrance.

— Jamais je n'ai voulu cela, j'ai trop serré cet enfant, mais c'était de l'amour que je voulais lui donner. Je vous ai demandé tout à l'heure de ne rien révéler, car je vais bientôt mourir et la vérité servirait à qui ? Toutes les personnes qui ont souffert à cause de cela ne sont plus de ce monde. Je suis le dernier acteur de ce mauvais drame.

— Vous rendez vous compte de ce que vous me demandez aujourd'hui ? Vous pensez à ce que je vais vivre désormais ? Vous savez, nous avons beaucoup souffert du comportement de notre grand-mère qui n'a pas toujours été gentille et la mort de ce bébé en est peut-être la raison. Il ne lui restait qu'un fils et il est parti vivre sa vie loin d'elle. Elle lui en a beaucoup voulu.

— Je ne mérite aucune pitié, mais je suis las, j'attends depuis longtemps une délivrance dans la mort. J'irai sûrement en enfer, mais ce ne sera pas pire que ce que je vis depuis ce jour-là, croyez-moi.

Il ne voulait pas de ma pitié et pourtant, c'est ce qui arriva. La souffrance dans laquelle il était me fit tellement de peine que je lui dis en mettant ma main sur son épaule :

— Je crois que vous avez assez souffert, trouvez le pardon en vous-même, ce fut un moment de folie, un accident involontaire. Savoir la vérité ne changera plus rien, vous avez raison, je vous promets donc de ne rien dire, vous emporterez votre secret avec vous.

— Merci, de vous avoir parlé me libère d'un gros poids.

— Je m'en vais, je reviendrai peut-être demain, il faut que je reprenne mes esprits pour y voir malgré tout plus clair.

— J'espère à demain, me dit-il en attrapant ma main, le regard suppliant, mais aussi plein de gratitude.

Je m'empressai de détourner les yeux et partis d'un pas très décidé sans me retourner. Je m'arrêtai cependant devant le bureau des infirmières pour demander quand j'aurais les résultats de son groupe sanguin.

Cela n'avait plus la même saveur et je crois que j'espérais que Jean soit en fin de compte mon grand-père. Mieux valait un lâche qu'un assassin, même si cet homme avait agi par amour, un amour inconditionnel pour ma grand-mère.

Qui peut dire « j'ai vécu un amour tellement grand, que je me suis perdu ? »

Epilogue

Encore une nuit sans trop dormir, mais là les trains n'étaient pas les seuls responsables.

Des images de ma grand-mère et de ce musicien revenaient sans arrêt : j'imaginais leur rencontre...

Je pensais à ce qu'elle avait vécu tout au long de sa vie : quelques bonheurs, mais beaucoup de souffrances...

Et puis la mort de ce bébé me hantait. Comment pouvait-on vivre avec un tel poids sur la conscience ? On ne peut pas.

Le musicien avait porté tout seul ce lourd secret, un acte monstrueux qui eut lieu dans un moment de folie. Il avait passé le restant de sa vie avec ce souvenir macabre. Il n'avait plus jamais aimé et finit sa vie, seul. Il avait largement payé sa faute.

Je m'étais demandé si le lendemain, je devais repasser le voir. Pour lui dire quoi ? J'étais encore sous le choc.

Sur le matin après quelques petites heures de sommeil réparateur, une bonne douche, je décidai de me rendre une dernière fois là-bas. Je devais, avant de partir, connaître les résultats de ses analyses de sang.

Dès mon arrivée, je me dirigeai vers le bureau des infirmières. Par chance Brigitte était là. Elle me donna ce que j'étais venue chercher sans que je le lui demande : les résultats dans une enveloppe cachetée.

— Nous vous laissons le soin de lui donner. Il n'est pas trop bien aujourd'hui, il a refusé de se lever.

— Puis-je le voir quand même dans sa chambre ?

— Oui, allez-y, mais ménagez le.

— Ne vous inquiétez pas, je ne resterai pas très longtemps.

Je quittai le bureau et avant de me diriger vers les chambres, je passai par le jardin, m'assis sur un des bancs, et mes mains tremblant, j'ouvris l'enveloppe... Les résultats des analyses étaient là sous mes yeux...

Je me levai alors tranquillement, repliai la feuille soigneusement dans son enveloppe et marchai doucement en direction du bâtiment où il devait se reposer.

En effet, je le trouvai bien pâle, mais je devais l'être également.

Il m'entendit rentrer et son visage ravagé par les années de souffrance essaya d'ébaucher un timide sourire.

— Ah vous êtes revenue, merci.

— J'ai hésité avant de venir, mais j'avais une dernière mission à faire.

Voici les résultats de votre groupe sanguin.

— Alors, puis-je être le géniteur de votre père ? me dit-il sans jeter un coup d'œil sur la feuille du laboratoire.

— Oui, vous êtes du groupe AB+. Grand-mère était du groupe O- et mon père A+. Tous ces groupes sont compatibles, mais cela ne prouve pas cependant votre paternité.

— Le doute subsistera donc toujours pour nous.

— Oui, lui répondis-je, mais c'est mieux ainsi.

— Oubliez tout ce que je vous ai raconté, vivez dans le présent et ne négligez pas votre petite famille. C'est un véritable trésor que vous possédez et vous ne pouvez pas savoir comme je vous envie.

— Oui je vais laisser enfin le passé derrière moi, je sais aujourd'hui ce que je voulais savoir. Ma quête se termine aujourd'hui.

— Tant mieux, bonne route alors.

— Merci, je vais vous laisser maintenant, je retourne dans le midi cet après-midi. Je vous dis adieu, lui dis-je, en l'embrassant tendrement sur sa joue rugueuse.

— Adieu, Sylvie et merci...

Je sortis en silence de la chambre sans me retourner, mais des sanglots étouffés me parvinrent lorsque je refermai la porte. Je pris une grande inspiration pour contenir ma propre émotion.

Je lui avais menti.

Je savais qu'il n'était pas mon grand-père, mais je n'avais pas eu le courage de le lui dire. En effet, son groupe étant B, mon père aurait dû obligatoirement avoir un groupe sanguin contenant cette lettre. Or il était du groupe A+, sûrement comme celui de Jean.

J'aurais dû m'appeler Sylvie LEKERREC...

Le poilu s'était perdu tout seul... pour rien...